친애하는 나의 몸에게

100 백 가지의 나, 백 가지의 이야기 **백백**

백백은 모든 청소년을 전적으로 지지하고 응원하는
주니어RHK. 청소년 교양서 시리즈입니다.

나로부터 시작하는 '몸 긍정' 혁명

친애하는 나의 몸에게

초판 1쇄 발행 2023년 3월 15일
초판 3쇄 발행 2024년 6월 10일

글 치도   그림 시미씨
발행인 양원석   발행처 (주)알에이치코리아(등록 2004년 1월 15일 제2-3726호.)
본부장 김문정   편집 박진희, 김하나, 정수연, 고한빈   디자인 김민
해외저작권 임이안, 이시자키 요시코   영업마케팅 안병배, 이지연, 정다은
제작 문태일, 안성현
주소 서울시 금천구 가산디지털2로 53, 20층(한라시그마밸리)
편집 문의 02-6443-8921   도서 문의 02-6443-8800   홈페이지 rhk.co.kr
블로그 blog.naver.com/randomhouse1   포스트 post.naver.com/junior_rhk
인스타그램 @junior_rhk   페이스북 facebook.com/rhk.co.kr

ISBN 978-89-255-7686-2 (44810)
ISBN 978-89-255-2559-4 (세트)

나로부터 시작하는 '몸 긍정' 혁명

친애하는 나의 몸에게

치도 글　　　시미씨 그림

주니어 RHK

차 례

Prologue_ 미래에서 보내는 편지

가끔 말이야.

어떤 말로도 설명할 수 없는 순간들이 운명처럼 찾아오곤 해.

맞아, 네가 이 책을 우연히 펼친 지금 이 순간처럼 말이야.

지금의 너는 어디에 있니.

살찐 몸은 끔찍하다고, 살 빼고 예뻐지면 진정한 행복이 시작될 거라고 믿고 있는 너일까. 충분히 예쁘지 않아서 사랑받지 못하는 거라며 우울해하고 있는 너일까. 극단적인 다이어트로 섭식 장애를 겪은 뒤에야 무언가 잘못되었다는 걸 조금씩 느끼기 시작하고 있는 너일까. 남의 시선과 평가만으로 자존감을 채우고 있는 너일까. 스스로 사랑하는 방법을 몰라서 타인의 사랑에 집착하고 있는 너일까. 아니면 난생처음으로 남의 몸과 비교하며 이 굴레에 발을 들이기 시작한, 작고 여린 너일까.

지금의 너는 어디까지 왔니.

나는 또 다른 미래의 너야. 너와 같은 시간을 지나오며 수많은 시행착오를 겪어야만 했어. 고통스럽고 외로운 시간이었어. 하지만 지금은 알아. 그 모든 것이 결국 나에게 필요했던 일이라는 걸. 나를 사랑하는 방법을 배우기 위해 조금 더 멀리, 돌고 돌아왔다는 걸.

　근데 세상엔 지름길이라는 게 있잖아. 십 대 시절의 나는 정말 간절히 원했었거든. 그 길 말고 이 길로 가면 그렇게 헤매지 않아도 된다고 알려 줄 누군가를. 그래서 내가 너에게 '그 누군가'가 되어 주려 해.
　조금이라도 도움이 되길 바라는 마음으로 너를 위해 이 글을 써. 내 몸을 미워하고 괴롭히는 걸 그만두고, 있는 그대로의 나를 마주하는 방법. 악순환에서 벗어나 비로소 스스로를 사랑할 수 있는 사람으로 다시 태어나는 방법. 그것들을 이야기해 볼까 해. 네가 어떤 선택을 하느냐에 따라 미래는 바뀔 수 있는 거잖아? 너는 나처럼 먼 길을 헤매거나 돌아오지 않고, 좀 더 편하게 여기까지 올 수 있기를 바라.

　단지 겉모습 때문에 네가 주눅 들지 않았으면 해. 할 수 있는 일을 포기하지 말았으면 해. 스스로를 미워하지 말았으면 해. 네가 어디에 있든, 어떤 모습을 하고 있든 나는 너를 응원해.

　나의 글을 통해 너만의 답을 찾아 줘.
　시공간을 넘어 나의 간절한 신호가 부디 너에게 잘 도착했으면 좋겠다.

– 어린 시절의 나에게,
그리고 지금 이 책을 읽고 있는 너에게

책을 읽기 전에,
지금보다 예뻐지고 날씬해졌을 때
네가 하고 싶은 일들을
이 버킷 리스트에 적어 봐!

지금보다 예뻐지고 날씬해지면 하고 싶은

나의 버킷 리스트

1 _____

2 _____

3 _____

4 _____

5 _____

6 _____

7 _____

8 _____

9 _____

10 _____

Part 01

살찌면 투명인간

박이슬(11세 / 초등학교 4학년),
자기 몸을 부끄러워하기 시작하다.

① 스스로를 미워하기 시작하다

혹시 너는 처음으로 네 스스로를 미워했던 때가 기억나니?

"나는 우리 반에서 이슬이 좋아해."

친구들과 여럿이 모이기만 하면 늘 하던 진실 게임. 그때 남자아이들이 좋아하는 애로 가장 많이 꼽는 사람은 바로 나였어. 적극적이고 활발한 성격 덕분에 여자아이들도 나와 친해지고 싶어 했고, 선생님들의 예쁨도 한 몸에 받았지.

…… 살이 찌기 전까진.

키가 쑥쑥 자라는 만큼 몸무게도 쭉쭉 늘어나던 열한 살(내가 살이 찐 건 이때 할머니가 지어 줬던 보약 때문이라고 굳게 믿는 중).

나는 나를 둘러싼 일상이 미묘하게 변하고 있다는 걸 느끼기 시작했어.

살이 찌니까 남자아이들은 더 이상 나를 좋아하는 아이로 꼽지 않았어. 작은 벌레나 어두운 곳에서 귀신이 나올까 봐 무서워하는 나를 보고 친구들은 '덩치에 안 어울리게' 겁이 많다며 놀렸지. 동네 어른들은 동그래진 내 얼굴을 보며 꼭 한마디씩 덧붙였어. "어유, 후덕하니 맏며느릿감이구나!"

고작 몸무게 몇 킬로그램 는 것뿐인데, 살이 좀 찐 걸 제외하면 나는 모든 게 그대로인데, 친구들과 어른들은 왠지 나를 다르게 대하는 것 같더라고.

그때부터였을 거야, 내가 나를 미워하기 시작한 건.

한번은 쉬는 시간에 같은 반 남자애 하나가 조용히 다가왔어. 말해 줄 게 있다면서. 솔직히 말하면, 나한테 고백하는 줄 알고 많이 긴장했어. 그 친구를 따라 교실을 나섰어.

우리 둘은 어느새 어두운 복도 끝에 다다랐어. 마침내 그 친구가 입을 열었지.

"이슬아, 너 내 생일 파티 왔었잖아. 우리 엄마가 너한테 살짝 얘기해 주라고 했어. 너 겨드랑이에 땀 많이 난다고. 냄새날 수 있으니 열심히 씻고 잘 관리하래."

나는 아직도 그때 느낀 수치심을 잊을 수가 없어. 당황해서 얼굴이 순식간에 달아올랐고, 몸도 뻣뻣하게 굳었어. 지금의 나였다면 "나도 사람인데, 겨드랑이에서 땀 날 수 있지!" 하고 받아쳤겠지만, 그때는 그 당연한 생각도 못 했던 것 같아. 그저 땀 많은 내 겨드랑이가 너무 창피할 뿐이었지. 그 친구와 그 애 엄마 말고 내 겨드랑이를 본 사람이 또 있을까 싶어서 머릿속으로 생일 파티에 왔었던 친구들을 다시 떠올려 보기도 했어.

또 한번은 별로 친하지도 않았던 친구가 갑자기 내 얼굴을 뚫어져라 보더니 이런 말을 하는 거야.

"이슬아, 왜 너는 눈썹 사이가 붙어 있어? 갈매기 같아! '눈썹 칼' 몰라? 그걸로 눈썹 정리 좀 하고 다녀야겠다!"

그렇게 친구들이 무심코 던지는 말들에 나는 꽁꽁 갇혀 버렸어. 겨드랑이에 땀이 많다는 걸 숨기려 데오드란트를 계속 덧바르고 늘 눈썹 칼을 챙겨 다녔지만, 나는 더 이상 예전의 나로 돌아갈 수 없었지. 또 다른 지적과 평가 들이 나를 기다리고 있었으니까.

그러던 어느 날, 나에게 평생 잊을 수 없는 하나의 사건이 벌어졌어.

어릴 때 정말 친했던 친구가 있었거든? 우리 둘은 골목대장이었어. 동네 놀이터란 놀이터는 다 접수하고 다녔지. 함께 있으면 우리는 외계에서 온 마법 소녀도, 아무도 대적할 수 없는 슈퍼히어로도 될 수 있었어. 다들 그런 친구들이 한 명쯤 있잖아. 내가 '쿵' 하면 '짝' 해 주는 친구. 그 애가 나에겐 그런 친구였어.

그런데, 그 애가 우리 학교로 전학을 온다는 거야. 소식을 듣자마자 얼마나 기쁘고 설레던지. 서로 다른 초등학교에 입학해야 한다는 걸 알고 서럽게 울었던 예전 기억이 떠오르기도 했어.

그 친구가 진학 온 날, 드디어 우리는 마주쳤어. 못 본 몇 년 새에 그 애는 정말 많이 변했더라. 두꺼비집 짓고 놀던 흙 묻은 손이 아니라 매니큐어가 발린 손, 격하게 놀아서 무릎 부분이 한껏 튀어나온 바지가 아니라 짧고 화려한 치마, 놀 때 거슬리지 않도록 하나로 꽉 묶었던 포니테일 스타일이 아니라 한창 유행하던 샤기 컷 스타일, 뙤약볕에서 노느라 벌겋게 달아오른 얼굴이 아니라 비비 크림을 발라 새하얀 얼굴……. 내가 기억하는 모습과 조금 달라서 당황하기도 했지만, 그래도 반가운 마음은 참을 수 없었어. 나는 친구를 향해 반갑게 손을 흔들었어.

하지만 그 친구는 나를 못 본 척 그대로 무시하고 지나쳤어.

혹시 날 제대로 보지 못한 걸까. 오랜만이라 어색해서 낯을 가리는 건 아닐까. 처음에는 어떻게든 그 애를 이해해 보려고 했어. 하지만 시간이 지나면 지날수록 외면하고 싶었던 사실을 인정할 수밖에 없었어.

우리 사이에는 보이지 않는 선이 생겼다는 거.

이제 더는 서로의 세계로 넘어갈 수 없다는 거.

그리고 당연하게도 내 마음속에는 이런 생각이 들기 시작했어.

'이게 다 내가 안 예쁘고 뚱뚱해서야!'

② 나도 너처럼 예뻐진다면

나를 향한 그 친구의 무시와 외면이 가져다준 충격이 상당했었나 봐. 의기소침한 채로 중학생이 된 나는 그 어떤 곳에서도 환영받지 못했어. 다른 친구들이 일찍이 무리 지어 다닐 동안 나는 누구와도 깊게 사귀지 못하고 겉돌기만 했거든. 친구를 사귀는 게 이렇게 어려웠던 적은 처음이라 막막하기만 했어. 심지어 그 어떤 친구도 날 필요로 하거나 찾지 않는 날도 있었지.

단 한 번이라도 자기가 무리에서 겉돌고 있는 것 같은 그 묘한 기분을 느껴 본 사람이라면 잘 알 거야. 급식을 먹으러 가거나 이동 수업을 할 때, 짝을 바꾸는 날이나 모둠 활동을 할 때, 같이 앉을 친구가 없어서 수련회나 수학여행 가는 버스에 혼자 .오를

때의 마음……. 나는 늘 혼자 있는 시간을 어떻게 보내야 할지 고민했어. 아무렇지 않은 척하려고 했지만 사실 학교에 있는 매 순간이 긴장되고 불안했지.

물론 1학기가 지날 즈음 되니 자연스럽게 가까워진 친구들도 몇몇 있었어. 하지만 '같은 반 친구' 딱 그 정도였지. 사실 나도 마음속 깊은 곳에서는 그 누구도 받아들이지 못했던 것 같아. 진짜로 날 알아주는 사람은 없다고 생각했거든.

그럴 때마다 나는 친구들을 관찰했어. 웃긴 친구, 공부를 잘하는 친구, 평소에는 조용하지만 관심사 얘기할 때는 수다쟁이가 되는 친구, 가만히 있어도 빛이 나는 예쁜 친구……. 특히 예쁜 친구들 주위에는 늘 사람들이 많았어. 나와 다르게 말이야. 그 친구들은 다른 아이들과 쉽게 친해지는 것 같았고, 모두의 관심을 온종일 받는 것처럼 보였어.

그중에서도 내가 유독 부러워했던 두 친구가 있었지.

한 명은 나와 같은 유치원을 다녔던 A. 아주 어렸을 때는 나도 A도 활발한 성격이어서 친구들과 어려움 없이 어울리며 즐겁게 생활했었지. 하지만 중학생이 되어서 다시 만났을 땐, 우리의 입장은 너무 많이 달라져 있었어.

A는 친구들의 열렬한 지지로 뽑힌 반장, 나는 아무도 맡지 않으려 해서 할 수 없이 맡게 된 부반장.

A는 다른 학교에서도 찾아와 구경할 정도로 유명한 우리 학교 셀럽. 나는 있어도 그만, 없어도 그만인 학생 1.

예쁜 데다 공부도 곧잘 했던 A는 선생님들의 예쁨도 많이 받았는데, 어떤 선생님은 수업 시간마다 반 아이들 앞에서 A를 칭찬했어. 어쩜 그렇게 예쁘냐고.(근데 생각해 보면 A도 선생님의 그런 칭찬이 늘 좋지만은 않았을 것 같아. 이젠 우리 모두 알고 있잖아. 긍정적이든 부정적이든, 다른 이의 외모를 함부로 평가하는 건 좋지 않다는 걸.) 그때마다 나도 모르게 주눅이 들었어. 그럴 때 있지

않아? 친구와 나를 대놓고 비교하는 것도 아닌데, 괜히 어깨가 쪼그라들고 고개가 저절로 수그러지는.

그럴 때마다 생각했지.

어릴 때는 다를 게 없었는데 A와 나의 처지가 이렇게나 달라진 이유는 뭘까.

내 마음이 외치는 답은 간단했어.

'내가 살이 쪘기 때문이야.'

다른 한 명은 작은 얼굴에 늘씬한 키를 가졌던 B. 그 애가 메고 다니는 가방과 신고 다니는 신발은 우리 반의 '유행템'이 됐어. 하다못해 B가 새로 산 필통까지 말이야.

또 B는 피아노를 잘 쳤는데, 그 친구가 피아노를 칠 때마다 애들은 황홀하다는 듯 감탄했어. 근데 사실, 나도 피아노를 잘 쳤거든. 초등학생 때부터 유일한 내 특기였고, 장래 희망으로 '피아니스트'를 진지하게 고민할 정도로 피아노 치는 걸 사랑했어. 대회에 나가서 상도 자주 받았고, 만나는 선생님들마다 전공을 권유할 정도였으니 재능도 어느 정도 있었던 것 같아.

애들이 B의 외모나 패션 센스를 칭찬하는 건 익숙했지만, B의 피아노 연주 실력을 칭찬할 때면 어쩐지 속상했어. 반 친구들이 내가 피아노를 잘 친다는 사실을 모르는 것도 아니었거든. 난 음악 시간 수행 평가를 치를 때마다 피아노를 연주했으니까. 피아노는 내가 유일하게 돋보일 수 있는 무기였는데, 이젠 그것마저 잃어버릴 것 같은 기분이 들었어. B가 피아노를 칠 때면 '저건 내가 이미 몇 년 전에 다 뗀 곡인데. 나는 더 잘 칠 수 있다고!' 하는 질투심이 샘솟았어.

그럴 때마다 생각했지.

왜 내 피아노 연주에 대해선 아무도 칭찬해 주지 않는 걸까.

역시 내가 내릴 수 있는 답은 하나였어.

'내가 예쁘지 않기 때문이야.'

지금 와서 돌이켜 보면 예전의 나는 늘 다른 친구들의 삶을 부러워하고, 그 친구들의 삶에서 좋아 보이는 부분들을 조각조각 조립해 내 삶에 끼워 넣고 싶어 했던 것 같아. 나의 삶에는 관심을 두지 않고 다른 이들의 삶을 빌려 살고 싶어 했던 거야.

하지만 그때의 나에겐 그 모든 게 질투나 열등감으로는 설명할 수 없는 '현실' 그 자체였어. 열심히 노력한다고 해도, 예쁘고 날씬해지지 않는 이상 바꿀 수 없는.

③ 빛을 질투하는 어둠

중학교 시절은 친구들과 나를 비교하고 또 질투하면서 아무것도 아닌 내 존재를 확인하는 시간이었어. 온 동네를 휘젓고 뛰어다니던 골목대장 시절은 잊어버린 지 오래였지. 그때의 나는 이런 생각을 자주 했던 것 같아.

'살찌면 투명인간이 되나 봐.'

삶의 의미를 찾기보다는 하루살이처럼 그냥 자고, 눈 뜨고, 일어나고, 등교하고, 하교하고, 피아노 치고, 방학이 되면 늦잠 자고, 학원 가고……. 바뀔 것 없이 지루한 일상을 그냥 흘려보내기 바빴지. 그래서인지 중학생으로 지낸 3년이라는 시간 동안 기억나지 않는 일들도 많아.

아무도 나를 몰라준다는 생각에 너무 외로웠어. 아침에 눈을
뜨면……

이런 생각만 들었지.

그렇게 꾸역꾸역 억지로 교복을 입고 거울 앞에 서면 초라한
나를 마주해야 했어.

예쁘지도 않고, 꾸미지도 못하고, 뚱뚱하고 못생긴 나.

'드라마나 로멘스 소설에 나오는 주인공처럼 하루아침에 살이 빠지고 예뻐지면 얼마나 좋을까.'

그때 난 애니메이션과 로맨스 소설에 푹 빠져 있었어. 그 안에는 평범하고 못생긴 주인공을 좋아해 주고 아껴 주는 사람들이 넘쳐나잖아. 주인공의 외모보다 내면을 바라봐 주고, 그의 숨은 가치를 발견해 끌어내고 응원해 주지. 그런 사랑과 응원에 힘입어 주인공은 시련을 이겨 내고 큰 성장을 이루며 결국 해피엔드를 맞이하더라고.

학교에서 집으로 돌아오면 자기 전까지 내내 그런 이야기에 푹 빠져 지냈어. 보고 있는 순간만큼은 정말 행복했지. 그런데 그거 알아? 꿈에서 깨는 순간 엄청난 공허함이 찾아온다는 거. 이야기가 막을 내리고 다시 현실의 나를 마주했을 땐, 끝을 알 수 없는 늪으로 빠지는 기분이 들곤 했어.

'이제 다시 현실로 돌아갈 시간이야, 이슬아.'

이런 나를 그나마 위로해 줬던 건 도서부 활동이었어. 학교 도서관엔 내가 좋아하는 책이 있었으니까. 가끔이긴 했지만 도서부 친구들과 대화를 나눌 수도 있었고, 혼자 남겨졌을 땐 동아리 활동이 있는 것처럼 도서관으로 달려가면 됐거든.

별관 1층 복도 끝 도서관, 가장 어두운 구석 자리에 숨어 지내던 이슬이. 그때의 난 굳게 믿고 있었던 거 같아. 내 인생이 이렇게 180도 바뀐 건 살이 찌면서부터라고. 어떻게 하면 되돌릴 수 있을지 감도 잡히지 않았고, 감히 되돌릴 엄두조차 나지 않았어. 학교 사람들은 다 외모만으로 사람을 차별하는 나쁜 사람들처럼 느껴졌고, 누군가와 대화를 나누고 마음을 주고받는 방법도 잘 기억나지 않았어.

그러던 어느 날, 학교 행사로 전교생이 강당에 모여야 했을 때가 있었어. 어둠 속을 굴러다니던 개똥벌레도 쭈뼛쭈뼛 걸음을 옮겼지. 언제나처럼 숨어 있을 자리를 찾아 주변을 찬찬히 둘러보는데, 갑자기 엄청난 충격이 느껴졌어.

다들 너무 눈부신 거야. 웃고 떠드는 친구들, 못 말리겠다는 표정을 지으며 함께 장난치는 선생님들, 열정 넘치는 모습으로 행사를 준비하는 방송부와 다른 동아리 친구들.

그중에 가장 빛나는 사람은 단연코 무대 위에 서서 마이크를 잡고 여유롭게 농담을 던지던 전교 회장 C였어. 공부도 잘하고, 리더십도 뛰어났던 C. 심지어 내가 질투하고 동경했던 A와 B도 그런 C를 좋아하고 잘 따랐어.

심장이 두근거렸어. 나도 저런 자리에 서고 싶었어. 하지만 자신이 없었어. 나는 몸무게가 70kg이 넘어가고 있었고, 자존감은 몸무게와 반비례하는 건지 자꾸 떨어지고, 남 눈치만 보고, 마음 하나 제대로 나눌 친구도 없고, 인정해 주는 사람들도 없는, 그런 무거운 그림자 같은 아이였단 말이야.

누군가에게는 당연한 일상이 나에게는 꿈이라니.

한 명이라도 나를 제대로 알아봐 줬으면 했어. 사실은 숨고 싶지 않았어. 누구보다 멋지게 살고 싶었어. 인정받고 싶었어. 사랑받고 싶었어. 초라하지 않다고, 못생기지 않았다고, 네 자체로도 충분하다고 말해 줄 누군가를 기다리고 있었는지도 몰라.

중학생의 나는 빛을 질투하는 어둠이었어.

④ '풍경'이 멋진 친구

고등학교 입학을 앞두었을 무렵, 나는 너무 두려웠어. 중학교 3년 내내 늘 겉돌았으니까. 새 학교에서 새 학기를 시작한다는 건 설렘보단 부담으로 다가왔어. 중학생 때처럼 학교생활을 하고 싶지 않았어.

그러다 우연히 어느 자기 계발서를 읽게 됐어. 자신이 처했던 어려움을 딛고 버킷 리스트를 작성해 그 꿈들을 하나하나 이뤄나가는 이야기였어. 나도 이 책을 읽고 버킷 리스트를 작성해 봤어. 밤새워 고민하며 리스트를 채웠지. 그중에는 '진정한 친구 사귀기'도 있었어. 이루고 싶은 것들을 쭉 써 보고 나니 왠지 용기를 낼 수 있을 것 같았어.

그렇게 8할의 두려움과 2할의 용기를 가지고 입학한 고등학교에서 난 희한한 친구를 만났어. 첫 만남이 어땠냐고? 그때 걔는 고무장갑을 머리에 뒤집어쓰고 장난감 요술봉을 든 채 온 복도를 뛰어다니고 있었지……. 뭐? 농담하지 말라고? 진짜야.

그 친구의 이름은 은별이. 스승의 날이 되면 꽃분홍색 한복을 곱게 차려입고 모든 교무실을 돌면서 큰절하고 다니던, 만우절 날 1학년 여자애들 모두를 운동장에 불러 모아 강강술래를 했던, 장기 자랑 시간엔 기다렸다는 듯이 무대에 올라 가슴에 털을 붙이고 엘비스 프레슬리를 흉내 내던 애였어.

그런 엄청난 기운을 가진 친구는 난생처음이었어. 곧 은별이는 1학년의 슈퍼스타로 급부상했지. 모두가 이 아이와 친하게 지내고 싶어 했어.

나는 은별이를 보면 기분이 이상했어. 잘 꾸미지 못해서, 화장을 안 해서, 뚱뚱해서 인기가 없고 친구들과도 잘 못 친해지는 거라 생각했던 나 스스로 부끄러워질 만큼. 은별이는 화장은커녕 자기 머리카락도 집 부엌 가위로 자르고, 빗질도 잘 안 해서 머리칼이 늘 말괄량이 삐삐처럼 헝클어져 있었거든. 쉬는 시간마다 매점에 내려와 빵을 사 먹으며 맛있다고 춤추고, 애들을 끌어모아 야자를 빼 먹고 피자를 먹으러 갈 만큼 쩝쩝박사이기도 했지. 모든 게 내가 갇혀 있던 기준과 멀었음에도 은별이는 늘 반짝반짝 빛이 났어. 사람들을 끌어당기는 무언가가 있었어.

하지만 은별이는 모두가 좋아하는 친구이다 보니, 난 감히 친해질 엄두를 내지 못했어. 나와는 친구가 될 일이 없겠지 싶었거든. 근데 인연은 생각지도 못하게 다가오더라.

우리 학교엔 1학년끼리 모여 공부하던 야자실이 있었어. 그날도 평소처럼 야자실에서 열심히 공부하고 있는데, 갑자기 배에서 신호가 오는 거야. 난 화장실에 가려고 조용히 일어나 움직였지. 그러다 은별이 자리 뒤쪽으로 지나가며 시선을 무심코 옮겼어. 그때 마침 핸드폰으로 웃긴 셀카를 찍으면서 혼자 놀고 있던 개랑 눈이 마주친 거야. 핸드폰 화면 안에서. 잠시 몇 초간의 정적이 흐르고, 우리 둘은 다급하게 복도로 뛰쳐나와 미친 듯이 웃음을 터트렸어. 배가 터질 듯이, 눈물이 펑펑 날 정도로 웃었던 것 같아. 그때부터 우리의 우정은 시작되었지.

은별이와 어느 정도 친해진 뒤, 나는 조심스레 내 외모 콤플렉스를 털어놓기도 했어. 그런데 놀랍게도 은별이 역시 외모에 대한 이런저런 고민을 하고 있었더라고. 다만, 그로 인해 주눅 들거나 자신이 부족한 존재라고 생각하지 않았다는 게 나와 다른 점이었지.

나는 은별이를 보고 있으면 내가 좋아하는 영화 속 대사 하나가 떠올랐어.

"항상 풍경 전체를 봐야 한단다. 그림은 단지 부분들이 합쳐진 게 아니야. 소는 그냥 소이고, 초원은 그냥 풀과 꽃이고, 나무들을 가로지르는 태양은 그냥 한 줌의 빛이지만, 그걸 한데 모으면 마법이 벌어진단다." 영화 〈플립〉 중에서

영화를 볼 땐 이 말이 무슨 의미인지 잘 몰랐거든. 뒤늦게야 이 대사가 마음속 깊이 와닿았어. 부분보다 전체적인 풍경이 멋진 사람. 은별이가 가진 풍경에는 은별이만의 세계가 존재했어. 성격, 습관, 행동, 말투 모든 것들이 개성 넘쳤어.

그리고 알게 되었지. 친구를 사귈 땐 그 애가 가진 '풍경'을 바라보아야 하는구나. 날 외모로 평가하고, 그에 따라 태도를 달리했던 사람들이 무례한 거구나. 세상 모든 걸 외모라는 단 하나의 기준으로 바라보며 우위를 가르는 사람들의 마음이야말로 지옥이겠구나. 상대방의 일부분만 바라보며 이건 나보다 못났고, 저건 내가 더 낫다고 비교하는 것이 그 사람의 일상일 테니까.

자신의 세계를 당당하고 개성 있게 꾸려 가는 것. 나만의 풍경을 멋지게 가꿔 나가는 것. 그게 내가 가진 빛을 내는 첫 번째 방법이라는 걸 깨달았어. 물론 여전히 예뻐지고 싶고, 살을 빼고 싶은 마음은 잔뜩이었지만 말이야. 그래도 이거 하난 확실하게 알게 되었어.

'누군가와 친해지는 데 불충분한 외모는 없구나!'

그렇게 난 은별이를 통해 나를 가두고 있던 첫 번째 껍데기를 깨트릴 수 있었어.

⑤ 나, 용기 내고 싶어!

나는 다시 사람들에게 마음을 열고 다가가는 방법을 배워 나갔어. 세상에는 날 싫어하는 사람들도 있지만, 날 좋아하는 사람들도 있구나. 그럼 나는 내가 좋아하는 사람들과 더 재밌고 신나게 일상을 만들어 보자. 생각이 점점 바뀌기 시작했어.

뭐든 열심히 참여했어. 용기 내어 스스로를 가두었던 편견에서 벗어나 보기로 했으니까. 교내 여러 프로그램에 나가서 상도 타고, 대외 활동도 적극적으로 신청해서 해외도 다녀왔어. 그러자 선생님들도 점차 나를 기억해 주기 시작했어. "이슬이가 이번에 큰 상을 탔다." "서울시에서 진행하는 활동 프로그램에 합격했다고 한다." 하며 함께 기뻐해 주었지. 그럴수록 나는 점점 더 깨달았어. 편견의 틀은 내가 만들고 있었구나. 난 단지 그걸 깨고 나오기만 하면 됐었던 거구나.

그렇게 숨 가쁘게 1년이 지나고 2학년이 된 어느 날, 학교 게시판에 '전교 임원 선거 공고'가 붙었어.(우리 학교 선거 제도는 좀 특이했어. 개인 자격으로 후보 등록을 할 수 없고, 2학년 회장과 부회장 후보, 1학년 부회장 후보 이렇게 총 3명이 팀을 이루어 함께 출마해야 했거든. 러닝메이트가 된 2학년 회장과 부회장 후보는 서로 다른 성별이어야 했고.) 공고가 올라온 지 얼마 되지 않았는데도, 학교에는 '누가 누구와 나간다.' '어떤 팀은 작년부터 준비했다더라.' 하는 소문들이 무성하게 퍼졌지.

나는 그 아이를 떠올렸어. 어둠이 익숙했던 나를 빛으로 나가고 싶게 만들었던 C. 나도 C처럼 모두의 앞에 당당하게 서서 한 명의 임원이 되어 보고 싶었어. 하지만 아무리 생각해 봐도 난 가망이 없었어. 전교 임원 선거에서는 후보의 교내 인지도와 인기가 아주 중요했으니까.

친구가 몇 명 생기긴 했지만, 나는 인기가 많은 것도 아니었고 여전히 뚱뚱하며 예쁘지도, 유명하지도 않았어. 아직 외모 콤플렉스에서 자유롭지 못했지. 심지어 같이 나갈 사람도 없었고. 우리 학교는 남녀 분반이었기 때문에 난 아는 남자애들도 거의 없었거든.

점점 후보 등록 마감일은 다가오는데, 마음속 깊은 곳의 나는 선거에 나가고 싶다고 고래고래 소리치고 있고. 신경 쓰여서 공부도 안 되고. 그렇다고 같이 나갈 사람이 있는 것도 아니고. 터지기 바로 직전의 풍선처럼 붕 떠서 아무것도 손에 잡히지 않았어. 결국 야자를 건너뛰고 심란한 마음으로 교문 밖을 나섰지.

그러다 우연히 버스 정류장 근처에서 동아리 선배를 만났어. 그 언니가 문득 이렇게 묻는 거야.

"이슬아, 혹시 너 선거 나가 볼 생각 있어? 아니, 친한 동생이 있는데 같이 나갈 사람이 없다고 그래서."

선배의 말을 듣고 이제 정말로 결단을 내려야 할 때라는 걸 알았어.

후보 등록 마감 이틀 전 저녁, 난 인생 최대의 용기를 끌어모아 친구 은별이를 우리의 아지트였던 놀이터로 불러냈어.

"은별아, 나 사실 전교 부회장 나가고 싶어."

그날 밤 나는 은별이를 붙잡고 나의 모든 걸 솔직하게 다 털어놓았어. 내가 초등학교, 중학교 때 겪었던 일들과 거의 혼자 지냈던 날들, 내 자존감이 이렇게 낮아진 이유까지……. 그리고 이렇게 말했지.

"그렇지만 나, 용기 내고 싶어. 네가 날 도와줄래?"

내 진심을 느꼈는지 은별이는 날 적극적으로 도와주겠다고 했어. 다 잘될 테니 걱정하지 말라며 응원도 해 줬어.

마침내 후보 등록 마지막 날, 난 무사히 입후보 신청을 할 수 있었어. 이제 남은 건 선거 운동이었지.

2학년들 사이에서는 이미 다른 후보 두 팀의 지지율이 압도적으로 우세했어. 잘나가는 동아리 친구들도 그 두 팀을 지지하며 합세했고. 걱정만 하고 있던 그때, 은별이가 자신이 부장으로 있는 아카펠라 동아리 1학년 부원들을 데려왔어. 은별이는 1학년 때 우연히 들어간, 존폐 위기였던 아카펠라 동아리를 다시 인기 동아리로 만든 장본인이었어. 동아리원이 아닌 친구들에게도 꽤 나 유명했지. 우리 팀의 상황을 전해 들은 1학년 친구들 모두 도와주겠다며 나섰어.

여기까지 온 이상 남들이 어떻게 생각할까 두려워하며 소극적으로 굴 수 없었어. 나는 두 팔을 걷어붙이고 우리만의 전략을 세웠어. 탄탄한 공약은 기본, '관종미(美)'와 진심으로 승부한다!

나와 같이 출마한 남자애들 둘은 당시 개그 프로그램의 인기 캐릭터였던 '복학생' 콘셉트의 옷을, 나는 은별이의 꽃분홍색 한복을 빌려 입고 모든 교실을 돌며 큰절을 하고 다녔어. 그렇게 모두의 시선을 집중시킨 뒤, 간절한 마음으로 우리가 준비한 공약을 발표하고 표를 달라며 자신 있게 외쳤어.

투표 날이 가까워질수록 우리는 유세에 박차를 가했어. 하루하루가 벅차올랐지. 태어나서 이렇게 큰 용기를 낸 건 처음이었으니까. 그 누구의 눈치도 보지 않고, 내가 하겠다고, 할 수 있다고, 잘하겠다고 전교생의 눈을 보며 말했어. 한 번 낸 용기는 계속해서 더 큰 용기를 몰고 나타났어.

대망의 투표 날.

'총 51% 득표로 기호 1번이 당선되었습니다.'

방송이 나오자마자 난 복도로 뛰쳐나갔어. 나처럼 복도로 뛰쳐나온 은별이와 눈이 마주쳤지. 우리는 전속력으로 달려와 서로를 끌어안았어. 처음 친해졌던 그 순간처럼 배를 잡고 깔깔 웃었지. 그리고 나는 다시 한번 깨달았어.

'전교 부회장을 하기에 불충분한 외모는 없구나.'

바디 포지티브에 관한 궁금증과 오해

나에게 있어서 '바디 포지티브'는 인생의 터닝 포인트야. 나다움을 찾을 수 있었고, 삶의 여러 부분들을 바꿔 주기도 했지. 한 살이라도 어릴 때 바디 포지티브를 알았다면 얼마나 좋았을까 생각하기도 했어. 그래서 너희들에게도 천천히 하나하나 알려 주고 싶어.

Q. 바디 포지티브가 도대체 뭐야?

A. BODY POSITIVE. 한국어로 '자기 몸 긍정주의'로 번역하기도 해. 신체 크기, 모양, 피부색, 성별 또는 신체적 능력과 관계없이 획일화된 미의 기준에서 벗어나 '나의 몸을 있는 그대로 받아들이자'는 취지의 운동이지.

생각해 보면 인간은 손끝에 있는 지문 하나조차도 모두 다 달라. 이렇게나 다양한 사람들이 살고 있음에도 하나의 모습만 아름답고 가치 있다고 말하는 게 오히려 이상하게 느껴지지 않아?

Q. 그거 여자들만 하는 거 아니야?

A. 바디 포지티브는 성별과 나이 상관없이 모두가 지향할 수 있는 가치관이야. 사회가 제시하는 특정한 기준에 집착하지 않게, '나의 몸은 이렇게 되어야만 한다.'라는 사고의 틀을 깰 수 있도록 도와주지. 또 타인의 시선과 과도한 평가로부터 자유로워지고 나다움을 찾을 수 있도록 해 줘.

Q. 뚱뚱해도 다이어트하지 말자는 이야기야?
   비만을 합리화하는 것처럼 들려.

A. 바디 포지티브는 내가 '건강하지 못한 다이어트'와 '오로지 살을 빼기 위한 운동'을 그만둘 수 있도록 해 줬어. 내 삶을 더 건강하고 다채롭게 만들어 줬지. 자세한 내용은 뒷이야기를 더 읽어 보면 알 수 있을 거야.

난 우리 사회에 비만을 향한 '혐오'가 과도하게 널리 퍼져 있다고 생각해. 살이 1kg만 쪄도 걱정하고, 음식의 칼로리를 하나하나 계산하고……. 날씬하고 예쁜 친구들을 보면서 자기 몸과 비교해 본 경험이 있다면 더 잘 이해할 것 같아.

비만이 의학적으로 여러 질병의 원인인 것은 사실이지만, 그렇다고 해서 내 몸을 혐오하는 이유가 될 순 없어. 자기 몸을 미워하면 할수록 살이 빠지기는커녕 폭식증, 거식증 같은 섭식 장애를 겪게 될 확률만 높아지지.(이건 내 경험이기도 해.)

결론적으로 바디 포지티브는 비만을 합리화하거나 비만이 마른 몸보다 좋다고 말하는 게 아니라, 내 몸이 어떻든 스스로를 미워하지 말자고 말하는 운동이라는 거야!

우선 내가 바디 포지티브 운동을 하면서 많이 받아 본 질문을 중심으로 문답을 구성해 봤어. 책을 읽다 보면 더 궁금한 부분이 생기겠지? 그건 뒤에서 좀 더 자세히 다뤄 볼게!

Part 02

사랑의 출발은 나로부터

로맨스 소설이나 영화 속의
주인공 같은 사랑을 꿈꾸다가도

내가 좋아하는 애 앞에선
한없이 작아지는 나.

그럼 '날 좋아하는 애' 앞에선
좀 달라지냐고?

아니, 날 왜 좋아해? 내 어디가
좋은 거야? 내가 진짜 어떤 애
인지도 모르면서. 나보다 예쁘고
날씬한 애가 ___ 좋아한다고
하면 개햄 ___ ___리겠지.
내가 만 ___ 백하면
쉽게 ___ ___거라고
생각하 ___ ___명히.
아니, ___ ___아해?
내 어디 ___ 내가
진짜 어 ___ ___면서.

① 좋아한다는 기적

너희는 사랑이 뭐라고 생각해?

꽤 오랫동안 나에게 사랑은 오직 '짝사랑'이었어. 내가 좋아했던 사람들은 '만인의 연인'이기도 했고, 나라는 존재를 모를 때도 있었고, 심지어 나를 싫어할 때도 있었어. 내가 좋아하는 사람이 나를 좋아한다는 건 기적과도 같은 일이라고 생각했지.

한번은 이런 일이 있었어. 중학생 때 내가 남몰래 호감을 가졌던 같은 반 남자애가 있었어. 쾌활하고 친구도 많고, 운동도 잘하고, 멋있고…… 그 친구를 좋아하는 이유는 많았지만, 그런 이유가 아니더라도 그냥 스며들 듯 나도 모르게 자꾸만 그 친구를 보게 됐어. 심장이 두근거리고, 얼굴이 빨개지고. 그럼 난 최선을 다해 얼른 그 마음으로부터 도망쳤어. 들키면 부끄럽잖아! 좋아하는 걸 티 낼 생각은 전혀 없었어. 그 애로 인해 내 하루가 조금 더 신나고 행복해지는 거, 그걸로도 충분했어. 아무도 몰래 간직한 소중한 마음이었지.

그런데 어느 날 그 친구가 나를 욕하는 걸 들었어. 정말 평소와 다를 바 없는 하루였는데, 교실에서 갑자기 큰 목소리로 친구들에게 이렇게 말하더라고.

"박이슬 귀여운 척하는 거 짜증 나지 않냐. 왜 그렇게 나대."

알고 보니 이전 쉬는 시간에 내가 같은 반 애한테 친근하게 무슨 말을 건넸었는데, 그걸 듣고 '생긴 거랑 어울리지 않게' 애교를 부린다면서 꼬투리 잡은 거였더라고.

지금의 나였다면 분명 이렇게 생각했을 거야.

'아니, 내가 어떻게 말하든 무슨 상관이야? 심지어 난 내가 무슨 말을 했는지 기억도 안 나는데. 참, 남의 인생에 관심도 많아. 시간이 남아도나 보네⋯⋯.'

하지만 지금보다 훨씬 여리고 자존감이 부족했던 그때의 나는 달랐어. 그 애의 입 밖으로 뱉어진 말은 곧바로 내 귀에 꽂혔고,

순간 나도 모르게 눈물이 왈칵 차올랐어. 그래도 울지 않으려고 필사적으로 눈물을 참았지.

그날 집으로 돌아오면서 나는 생각에 잠겼어.

'내가 뭘 잘못했을까?'

'나는 애교스럽게 말을 하면 안 되는 사람인가?'

'다른 애들도 속으론 그 애랑 똑같이 생각할까?'

'결국 내가 애교가 어울릴 정도로 예쁘지 않아서인 걸까?'

'내가 좀 더 예뻤다면 달랐을까? 그랬다면 날 조금은 좋아해 줬을까?'

사실 내 몸에 대해 떠드는 이런저런 말이나 놀림은 이전에도 종종 들어 왔었어. 그래서 그런 것들에 나름 익숙해졌다고 생각했는데, 내가 짝사랑하던 아이가 던진 말은 훨씬 더 충격으로 다가왔어. 나의 짝사랑은 그렇게 혐오로 되돌아왔어. 어린 마음에 오기로 '더 이상 널 좋아하지 않을 거야!' 하며 다짐했지만, 그때 기억은 상처로 남았고, 그 이후로 나는 나의 행동을 통제하기 시작했지.

나는 귀엽고 애교스러운 모습은 어울리지 않는 외모를 가졌으니, '내 주제'를 알고 그에 어울리는 성격을 가져야만 했어. 뚱뚱하니까 착해야 하고, 너그러워야 하고, 예민하게 굴면 안 되고, 유머러스해야 하고, 잘 웃어넘겨야 하고. 모두가 말하지 않지만 그건 암묵적인 약속이었어. 선을 넘지 말라고. 너의 모습에 어울리는 건 딱 거기까지라고.

"누가 누구를 좋아한대!" "이번에 누구랑 누가 사귀기로 했대!" 학교에서 연애는 항상 뜨거운 이슈였어. 왜, 그런 거 있잖아. 수련회 가면 꼭 항상 전교에서 제일 멋진 애가 그해에 가장 인기 있는 사랑 노래를 부르거나 남자 아이돌 그룹의 춤을 춰. 자연스럽게 로맨틱한 분위기가 만들어지고, 사회자 선생님은 그 남자애가 좋아하는 여자애를 무대 위로 불러내지. 그리고 남자애는 이렇게 말해.

"나 너 좋아해. 나랑 사귈래?"

그럴 때마다 나는 소리를 지르며 환호하는 '군중 속의 1' 역할을 충실히 수행했어. 완전 오글거린다고 손사래 치기도 했지만, 속으로는 조금 부럽기도 했어. 모두의 앞이라서 잠깐은 부끄러울 수 있지만, 그 순간만큼은 누군가에게 진심 어린 고백을 받는 거잖아. 올곧은 애정을 선물받는 거잖아.

누군가가 나를 좋아한다는 감정은 어떤 것일까? 내가 좋아하는 사람이 나를 좋아하는 것은 또 얼마나 기적 같은 일일까? 궁금했지만, 그때의 난 알 수 없었어. 미움이나 놀림을 덜 받는 게 더 중요했으니까.

② 네가 날 왜 좋아하는지 모르겠어

지금 와서 생각해 보면 내 외모나 내 몸을 타인과 비교하고 부끄러워하기 시작한 건 아이러니하게도 날 사랑해 주는 가족들 때문이기도 했어.

아빠는 나한테 항상 말했지.

"우리 딸 얼굴 더 동그래졌네!"

"살 좀 빼야지 시집 갈 수 있지 않겠냐?"

"어렸을 때 네가 얼마나 예뻤는지 알아? 너 다시 살 빠지면 아빠가 맨날 업고 다닐 거야."

내 어릴 적 사진 앨범을 뒤적이는 아빠를 볼 때면 왠지 모르게 슬퍼졌어. 그럼 지금의 나는 예쁘지 않다는 건가? 싶어서.

엄마도 종종 내게 이런 이야기들을 하곤 했어.

"엄마가 어릴 때 피부 까맣다고 얼마나 놀림받았는지 몰라. 너는 그래도 아빠 닮아서 까맣지 않으니 얼마나 다행이니."

"네가 내 좁고 꺼진 이마 닮았을까 봐, 너 태어나자마자 이마부터 확인했었다니까."

"아휴, 어쩜. 닮을 게 없어서 엄마 하체 튼실한 걸 그대로 가져가니."

물론 농담 섞인 이야기인 것도, 걱정스러운 마음에 한 이야기인 것도 알아. 하지만 그래도 상처를 안 받을 수는 없었어. 말이라도 "우리 딸 다 예쁘다!" 해 주면 어디가 덧나냐고!

그렇게 쌓인 엄마 아빠의 말들은 나를 가두는 또 하나의 틀이 되었어. 그래서 한때는 이렇게 생각하기도 했지.

'나는 정말 많은 단점을 가지고 있는 사람이구나. 다른 사람들 눈에도 잘 띄겠지? 이 단점들을 고치지 않으면 나는 누구에게도 사랑받지 못할지도 몰라.'

누군가가 나를 사랑한다는 상상은 좀처럼 와닿지 않았어. 의기소침하게 지냈던 중학생 때와는 다르게, 고등학교에 올라가 전교 부회장이 되고, 친구들도 점점 많아지고, 여러 교내외 활동으로 선생님들의 주목을 받았을 때도 말이야. 그저 '어렸을 적 미모'를 회복한 나의 모습을 보고 사랑에 빠질 백마 탄 왕자님을 기대하고 기다렸던 거 같아.

그런 나에게도 누군가가 다가왔어. 고등학생 때 나갔던 대외 활동에서 만난 남자애였지. 그 친구는 자꾸 날 당황스럽게 만들었어. 대외 활동 마지막 날 각자의 일상으로 돌아가기 전, 다 함께 롤링 페이퍼를 적었거든? 그런데 그 친구가 내 롤링 페이퍼에만 '저를 꼭 잊지 말아 주세요.'라는 의미심장한 말을 적은 거야! 여느 친구들 것과는 다른 분위기의 문구에 신기하던 것도 잠시, 나는 대수롭지 않게 '되게 특이하고 감성적인 친구구나.' 하면서 넘겼던 것 같아.

하지만 대외 활동이 끝나고 나서도 그 친구에게서 꾸준히 연락이 왔어. 내 취미가 무엇인지, 내가 어떤 음식을 좋아하는지 끊임없이 물었지. 나와 관련된 모든 것을 다 탐구하겠다는 의지가 느껴질 정도로 나를 많이 궁금해했어. 하지만 난 그때조차도 좋은 친구가 또 한 명 생겼다는 마음 정도였어. 별다른 생각 없이 즐겁게 연락을 주고받았지.

그런데 몇 주 뒤, 그 친구에게 연락이 왔어. 다가오는 연휴에 약속이 없으면 만나자고 하더라고. 그때부터 나는 '설마…….' 하는 생각을 했어. 그건 누가 봐도 데이트 신청이었으니까!

우리는 결국 만났어. 한강에서 자전거도 타고, 우연히 들른 축제에서 캐리커처도 그리고, 잠깐 앉아서 자기가 자주 듣는 음악을 서로 들려주기도 했어. 처음 마주하는 이 상황이 낯설면서도 싫지 않았어. 아니, 오히려 좋았지. 그리고 내 예상은 틀리지 않았어. 헤어지기 전 그 친구가 자신의 마음을 고백했거든.

생각지도 못했던 '남자 친구'라는 존재가 내게도 생겨 버린 거야.

그런데 당황스럽고 얼떨떨한 마음과 드디어 나에게도 남자 친구가 생겼다는 기쁨 사이에서 '얘는 왜 나를 좋아할까?'라는 의문이 피어오르기 시작했어. 그 친구는 나의 당당한 모습이 좋다고 했어. 그 모습이 빛나 보였다고.

하지만 문제는 나였어. 아무리 생각해도 나는 나의 매력적인 모습을 찾을 수가 없었거든. 시도 때도 없이 올라오던 여드름과 뽀루지, 퉁퉁한 몸 때문에 점점 작아졌던 교복, 교복을 벗으면 더더욱 두드러지는 최악의 패션 센스까지. 나한텐 뭐 하나 이성적으로 느껴질 매력이 없는 것 같았으니까.

그 친구는 내 당당한 모습이 좋다고 했지만, 사실 그건 내 진짜 모습이 아니었어. 나의 당당함은 더 이상 혼자이기 싫었기 때문에 겨우 쥐어짜 낸 인생 최대의 용기였을 뿐이니까. 그 속을 들여다보면 다른 사람들에게 다시 인정받지 못할까 봐, 사랑받지 못할까 봐 눈치 보는 어린아이만 있었어. 이런 내 진짜 모습을 알게 되면 그 친구가 실망할 게 뻔하다고 생각했지.

나중에는 그 친구의 진심을 회피하기 시작했어. 나를 알면 알수록 별로라고 생각할 것 같았어. 나를 향한 그 아이의 마음으로부터 도망가고 싶었어. 감당하지 못할 것 같아 부담스러웠어. 심

지어 자꾸 이상한 감정을 돌아보게
만드는 이 상황이 버겁기만 하다고,
싫다고 스스로 세뇌하기도 했어.

알수록 별로라고
생각할 거야.

그 친구는 나보다 어렸지만 또래
남자아이들보다 훨씬 성숙하고
진중하고 똑똑한 아이였어. 그럼에
도 나는 그 애의 진심이 무거워서
도망쳐 버리고 말았어. 그 친구가 '첫 연애인 만큼 아무나 만나
기 싫었다'며 고백해 온 지 일주일 만에, 나는 결별을 선물했어.
나를 왜 좋아하는지 모르겠어서, 내 진짜 모습을 알면 버림받을
까 무서워서 말이야.

그렇게 헤어지고 나서 수능이 끝날 때까지 난 후회만 했던 것
같아. 그 친구가 주었던 마음이 얼마나 소중한 건지 너무 뒤늦게
깨달았지. 하지만 진심을 털어놓을 용기는 없었어. 여전히 내 눈
에 나는 사랑받기에 부족한 사람이었거든.

③ 나는 사랑받고 싶어

'애착 유형 검사'라고 들어 봤니? 가족, 연인, 친구 등과의 지속적인 관계에서 내가 어떤 애착을 느끼고 있는지 알아보는 검사야. 이 검사는 애착 유형을 이렇게 네 가지로 나누고 있어.

자신에 대한 생각 / 타인에 대한 생각	긍정	부정
긍정	**안정형 애착** 친밀감, 자율, 편안함	**불안형 애착** 관계에만 몰두
부정	**회피형 애착** 친밀감 거부, 독립적	**혼란형 애착** 불안형과 회피형의 모습을 동시에 보임

* 메리 에인스워스, 제임스 로버트슨 등의 연구자들을 통해 확장 및 발전된 '성인 애착 유형' 분류.

전문가들은 이 네 가지 유형에서 '혼란형 애착' 유형을 가장 위험하다고 말한대. 타인과 안정적인 애착을 형성하지 못할 가능성이 크고, '불안형 애착' 유형과 '회피형 애착' 유형의 특징을 동시에 가지고 있거든.

그런데 지금 왜 이 이야기를 꺼내냐고?

내가 바로 그 혼란형 애착 유형의 사람이었으니까.

대학 입학을 막 앞둔 스무 살. 합격이 확정된 후, SNS를 통해 동기로 지낼 새내기들끼리의 교류가 활발하게 이뤄졌어. 메신저 단톡방에도 초대되고, 페이스북 그룹에도 들어가고, 서로 팔로우하고…… 정신없었지.

수많은 말과 이야기 들이 쏟아지던 단톡방에서 나는 나와 취향이 너무 잘 통하는 한 남자애를 발견했어. 우리는 신나게 이런 저런 이야기를 이어 나가다 결국 개인 톡으로까지 일 대 일 대화를 나누기 시작했어. 그때까지 우리는 서로의 얼굴을 알지 못했어. 아는 건 이름뿐이었지.

몇 날 며칠 핸드폰만 붙잡고 그 애와 이야기를 나눴어. 알면 알수록 우리는 잘 통했고, 생각하는 것도 비슷했어. '결이 잘 맞

는다'는 게 이런 거구나 했지. 문득 연락할 때마다 설레고 두근
거려 하는 나를 발견했어. 만나 본 적도 없는 상대에게 이런 마
음이 생길 수 있는 걸까 싶었어. 머리로는 말도 안 된다 생각했
지만, 점점 좋아지는 마음을 숨길 수 없었어. 동시에 불안감이
엄습했지.

'실제로 만났을 때, 날 보고 실망하면 어쩌지?'

하지만 피할 수 없는 시간이 다가왔어. 다 같이 새내기 MT를
떠나야 했거든. 사전 조 편성에서도 그 애와 나는 운명처럼 한
조가 되었어.

한편에는 설렘, 다른 한편에는 걱정. 복잡한 마음으로 MT 집
결지로 향했어. 이미 사람들로 가득 차서 우리 조를 찾는 데에도
한참 걸렸지. 우리 조가 있다는 곳을 안내받고 걸음을 옮기는데,
멀리서 봐도 느낌이 오더라.

'이미 와 있구나!'

떨려서 죽을 것 같았어. 그러다 그 애와 눈이 마주쳤고, 나는
걸음을 멈추었어. 서로 한눈에 알아봤어. 돌아가며 자기소개를
하고 이름을 확인하는 동안 다른 친구들은 절대 모를 시선이 우
리 사이를 오고 갔어. 내가 슬쩍 미소를 지었지. 그러니 그 애도

따라 웃어 주더라.

우리는 함께 대학 생활을 시작했고, 곧 사귀게 되었어. 믿기지 않았어. 저렇게 멋진 애가 나를 좋아하다니! 내 남자 친구라니!

너무 소중했고, 그만큼 좋아했어. 매일매일 같이 있고 싶었고, 한시도 떨어져 있고 싶지 않았어. 나는 과 생활도 접어 두고 코알라마냥 남자 친구 옆에만 붙어 있으려 했지. 하지만 그 애는 모두에게 인기가 많았어. 바로 그 지점부터 우리 둘 사이가 삐그덕거리기 시작했지.

좋아하는 마음이 깊어질수록 점점 이상한 생각이 들었어.

'언젠가 나에게 질려서 떠나 버리면 어떡하지? 나보다 더 예쁜 친구한테 반해 버리면 어떡하지? 여기서 살이 더 찌면 헤어지자고 하겠지? 얘보다 더 멋진 사람을 만날 수 있을까? 얘처럼 날 사랑해 주는 사람을 만날 수 있을까?'

남자 친구와의 '끝'을 생각하기만 해도 심장이 쿵쾅거리고 숨이 막혔어. 하지만 그럴수록 그 끝은 예상보다 더 빠르게 찾아오더라.

어떤 날에는 둘이 즐겁게 데이트를 하고도 집에 돌아와선 펑펑 울기도 했어. 같이 있을 때 행복했던 만큼 불안감이 나를 덮

처 오더라고. 그런 나에게 남자 친구는 매일 예쁘다, 좋다, 사랑
한다 말해 줬어. 하지만 난 시간이 지날수록 그 말을 온전히 받아
들이지 못했어. 그 애의 마음이 종이 한 장처럼 가볍게 느껴졌어.
아무리 생각해도 나는 그 애에 비해 여러모로 너무 부족했거든.

  서운한 게 있을 때마다, 다툴 때마다 헤어짐을 말했어. 하지만
사실 진심이 아니었어. 버려질까 봐 무서워서 먼저 밀어낸 거였
어. 그럼에도 날 붙잡아 주는 남자 친구를 보면서 다시 안심했
지. 하지만 그때뿐이었어. 불안함의 굴레는 계속되었어. 나를 배
려해 주고, 나에게 열심히 맞춰 주던 남자 친구도 결국 지쳐 갔

어. 남자 친구가 조금씩 멀어져 가는 걸 느낄 때마다 '역시 넌 날 떠날 애였다'며 일부러 심하게 대했어. 상처를 주고 또 받았지.

결국 우리는 정말로 끝을 맺고 말았어.

'사랑은 왜 이렇게 어려운 걸까? 과거를 되풀이하고 싶지 않았고, 후회하고 싶지 않았는데. 정말 열심히 좋아했는데. 누군가에게 사랑받기엔 난 역시 부족한 사람인 걸까.'

나는 또다시 스스로를 미워하게 되었어.

④　나는 나를 사랑해

이별 이후, 난 한동안 나라를 잃은 사람처럼 넋을 놓고 지냈어. 지금 생각해도 구질구질할 정도로 남자 친구를 붙잡고 매달려 보기도 했지. 하지만 그 애의 "사랑했'었'다."라는 단호한 한마디에 줄이 툭 끊어진 것처럼 다 놓아지더라. 더 이상 뭘 해 볼 수 없겠더라고.

한편으론 공허하고 불안했어. 매일 옆에서 예쁘다고, 좋아한다고 말해 주던 사람이 한순간에 사라졌으니까. 사랑은 사랑으로 잊는 거라며 친구들이 소개해 주는 사람들을 열심히 만나도 봤지. 하지만 어떤 누구를 만나도 내 안의 결핍을 채울 수 없었어.

소개팅을 하러 나가서도 정신 차려 보면 내가 상대방에게 다

맞춰 주고 있었어. 그 사람과 잘되든 되지 않든, 내가 사랑받을 만한 매력적인 사람이라는 걸 보여 주고 싶었던 것 같아. 그때의 난 정말 사랑받기 위해 발악하는 사람이었어. 나의 취향, 나의 가치관, 나의 성격은 숨기고 상대방이 좋아할 것 같은 여자를 흉내 내기만 했어. 그럴수록 사랑이란 건 나에게서 더 멀어졌지.

누군가를 만나도 결핍이 채워지지 않는 이유는 더 깊은 사랑을 받지 못해서라고, 내가 더 예쁘고 아름다워지면 영화나 드라마에서처럼 절절하고 로맨틱한 인생이 펼쳐질 거라 생각했어. 누군가가 사랑하기에 '그럴듯한' 사람이 되어야겠다고 다짐했지.

그래서 난 과감하게 휴학을 신청하고 '인생 마지막 다이어트'에 돌입했어.(이에 대한 자세한 이야기는 뒤에서 다시 나눌게.) 사랑도, 꿈도, 아름다운 외모와 몸매 모두 다 쟁취하는 멋진 삶을 살아 보고 싶어서.

하지만 그때 난 사랑은커녕 다이어트 강박증과 섭식 장애를 얻었어. 절벽 끝까지 몰려서 더 이상 발 디딜 틈 하나 없는 순간에도 수많은 것들이 날 허공으로 떠미는 것 같은 나날들이었지.

이런 과정들을 모두 겪고 난 후에야 그런 생각이 들더라고.

'왜 나는 스스로를 사랑해 주지 않았지?'

부모님이 나에게 예쁘다 말해 주지 않으면 서운해했으면서, 누군가의 '좋아한다', '사랑한다'는 한마디에 늘 목말라했으면서, 왜 정작 나는 나에게 단 한 번이라도 괜찮다고, 사랑한다고 말해 주지 못했을까.

난 오히려 날 미워하고 탓하기 바빴어. 왜 이렇게 못생겼냐, 살은 언제 빼냐, 의지가 이것밖에 안 되는 거냐, 이렇게 해서 행복해질 수 있겠냐, 지금의 너는 충분하지 않다……. 계속해서 채찍질만 했어.

맞아, 난 나를 사랑하지 못했어. 내 자존감과 존재를 확인하려 타인의 관심과 사랑에 집착했지.

그제야 난 깨달았어. 혼자여도 괜찮을 때, 누군가 사랑을 주지 않아도 이미 충분할 때, 스스로에 대한 애정을 내가 느낄 수 있을 때. 그때가 되어야 누군가와 온전한 사랑을 주고받을 수 있겠구나. 스스로를 사랑할 줄 모르는 사람이 어떻게 다른 이에게 소중한 사랑을 주겠어. 받아도 그게 얼마나 예쁜 마음인지 모르겠지.

그 이후로 나는 누군가를 만나 연애를 이어 가기보다 내 자신에게 집중했어. 그동안 스스로에게 주지 못한 사랑을 쏟아부었어. 내가 뭘 좋아하는지, 어떨 때 행복한지, 무엇을 무서워하는지 하나씩 알아 가며 아껴 주려고 노력했어. 나 자신과 데이트하는 기분으로. 순간순간, 과거의 내 모습들이 스쳐 지나갔어. 비로소 내가 제대로 가고 있다는 확신이 들었어.

그 뒤로 나는 그 누구와의 만남도 두렵지 않았어. 거기에 집착하지도 않았어. 스스로를 있는 그대로 바라봐 줬던 그 순간부터 나는 사랑이 뭔지 배울 수 있었으니까.

사랑이라는 거, 어려우면서도 참 쉽지 않니?

바디 포지티브를 위한 첫걸음

"나의 몸을 사랑해야 한다는 건 이제 알겠어요! 하지만 실천하는 게 너무 힘들어요."라고 말하고 싶은 친구들도 있을 거야. 실제로 많은 사람들이 "바디 포지티브가 나에게 좋은 건 알지만, 이번 생에는 못할 것 같아요."라고 말하거든. 지금 당장은 '있는 그대로의 자신을 사랑하라'는 말이 공허하고 허무하게 느껴질 수도 있어.

하지만 큰 포부나 결심이 있어야 바디 포지티브를 시작할 수 있는 건 아니야. 조금씩 나의 몸과 가까워질 수 있는 몇 가지 방법으로 일상생활에서 바디 포지티브를 천천히 그리고 꾸준히 실천해 보자!

마주하려는 용기에서부터 시작된다

바디 포지티브 운동이 던지는 보편적 메시지는 '나의 몸을 있는 그대로 사랑하자'야. 그런데 나는 5년 넘게 바디 포지티브와 관련된 여러 활동들을 해오면서 그 정의의 범위를 조금 더 넓게 생각하게 되었어.

'지금 당장' 사랑하지 못해도 괜찮아. 억지로 할 필요 없어. 그동안 회피하고 미워했던 나의 몸을 마주 보려는 작은 용기, 조금 다른 관점으로 바라보려 결심하는 마음이면 충분한 것 같아. 나도 그렇게 바디 포지티브를 시작했거든. 아주 작은 한 발자국이라도 일단 먼저 디뎌 보자!

사실, 사람들은 생각보다 나에게 관심이 없다

나는 100명의 사람들과 함께 인터뷰 프로젝트를 진행했던 적이 있어. 그때 사람들에게 이렇게 질문했지. "당신의 신체 콤플렉스는 무엇인가요?" 사람들은 각자 자신의 외모 콤플렉스를 말해 주었어.

나는 이 인터뷰 프로젝트를 내 유튜브 채널에 공개했어. 그러자 놀라운 댓글들이 달리기 시작하더라고. "말씀하시니까 그제야 보여요. 그전까지는 그 부분이 콤플렉스인지 전혀 모르겠어요!" 이렇게 말이야.

그래, 맞아. 대부분의 사람들은 내가 보는 것만큼 박하고 꼼꼼하게 나를 바라보지 않는다는 거지. 물론, 타인의 세밀한 부분까지 하나하나 찾아내 평가하는 사람들이 없는 건 또 아닌데…….

외모 평가를 일삼는 사람의 마음이야말로 지옥임을 기억하기

만약 그런 사람을 만났다면, 안쓰러운 눈빛으로 한 번 쳐다봐 주자.

예전에 나에게 '얼굴이 살짝 비대칭인 것 같다.'라며 내 얼굴을 평가한 사람이 있었는데, 옛날의 나였다면 거울 볼 때마다 그 말을 신경 썼을 거야. 하지만 지금의 나는 "아, 진짜요?" 하고 영혼 없이 대답한 뒤 동태 눈빛을 발사해 주지. 왜냐고? 그런 말을 하는 사람들은 스스로에게도 기준이 빡빡하거든. 이미 머리부터 발끝까지 남들과 자신을 비교하며 전전긍긍하고 있을 거야. 장담해. 내가 극단적 외모 지상주의자였을 때 그랬거든. 그 사람 마음에는 그것밖에 안 보이고, 그 사람 세상에서는 그게 전부인 거야. 그러니 상처 받지 말고, 대신 좁은 우물에서 살고 있는 그 사람을 안타까워해 주자!

미의 기준은 늘 상대적이다

미의 기준은 어떤 사회, 어떤 시대를 살고 있느냐에 따라 변화한다는 거, 알고 있지? 갸름한 계란형 얼굴이 주목받다가도, 어느 땐 각진 턱을 가진 얼굴이 고급스럽고 매력적이라고들 하잖아. 강아지상에 쌍꺼풀을 가진 동글동글한 눈매가 유행이었다가도, 고양이상에 쌍꺼풀 없는 눈을 더 선호하기도 하고. 또 서양 문화권에서는 우리와 다르게 도드라진 광대를 입체적이고 매력적이라고 생각하기도 하지.

시대와 사회는 늘 변하고 그에 따라 미의 기준도 바뀌어. 언제 어떻게 바뀔지 모르지. 확신할 수 없는 기준을 따라가는 건 마치 끝이 없는 공허한 마라톤을 하는 것과 같아. 그러니 조금만 더 스스로에게 너그러워져 보자. 남의 기준에 흔들리기보다는 내 세계를 더 탄탄하게 만들어 보는 거야.(거울을 조금 덜 보는 것도 아주 좋은 방법이야.)

외모 평가를 멈추고 인사말 바꾸기

우리는 다른 사람들의 외모에 대해서 쉽게 말해 버리곤 해. 인사말로 서슴없이 "어머, 살 빠졌어?" "왜 이렇게 살쪘어?" "오늘따라 부은 것 같아." 하면서 외모에 대한 부분을 쉽게 언급하잖아.

나는 긍정적이든 부정적이든 외모에 대한 피드백을 인사말로 쓰지 않으려고 노력해. 부정적인 표현이면 더더욱 지양해야 하고, 긍정적인 표현이어도 그건 결국 그 사람을 옭아매는 족쇄가 될 수도 있어.

일상 안에서 어떤 사람의 외모가 아닌 그 사람이 가진 또 다른 매력을 찾아낼 '심미안'을 길러 보자. 외적인 부분에 가려져 있던 그 사람만이 가진 포근한 분위기라든지 재밌는 입담이나 유쾌한 에너지, 이뤄 낸 성취 같은 것들에 대해서 말이야.

도움이 되었을까? 짧지 않은 시간 동안 바디 포지티브와 관련된 여러 활동과 프로젝트를 진행해 오고 있는 나조차도 흔들릴 때가 많아. 그렇기에 나 자신을 사랑하고자 결심하는 것도 중요하지만, 우리 스스로를 사랑하지 못하게 만드는 다양한 사회적 요소들도 함께 변화시켜 나가야 해. 느려도 부지런히 같이해 나가자. 우리 모두 다 같이!

Part 03

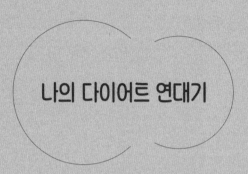

나의 다이어트 연대기

내가 뭔갈 먹고 있으면
사람들은 꼭 한마디씩 했어.

쿠우웅

아이고,
저리 식탐이 많으니
살이 찌지!

먹을 食   탐내는 건
나쁜 거니까⋯.   탐낼 貪

食   貪

그래서인지, 나는 참 오랫동안
'먹고 싶다'는 마음, '배고프다'는 기분을
내 욕심이라고 생각했었지.

허겁

지겁

그럴수록 음식에 대한
집착과 강박이 심해졌고,
그것들을 끊어 내는 일은
결코 쉽지 않았지만

먹으면
안돼!!!

꼬르륵

이제는 알아.
나의 '자연스럽고 당연한' 식욕을
인정하고 받아들이면 일어나는
놀라운 일들을!

① 키만 크면 되지, 살은 왜 쪄?

　너희, 살이 찌는 기분이 어떤 건지 알아?

　이 기분은 어느 날 갑자기 찾아와. 여느 때처럼 바지를 입으려고 다리 한쪽을 넣는 순간, 묘한 답답함이 느껴져. 그리고 허벅지를 스쳐 끌어올릴 때 '설마…….' 하는 생각이 들고, 바지 지퍼를 잠그려고 할 때쯤 심장이 '쿵!' 하고 떨어지지. 결국 믿고 싶지 않은 사실을 마주해.

　"혹시 나 살찐 건가?"

　애써 모르는 척하고 싶어. 하지만 확인은 해야 하기에 두려운 마음으로 엄마한테 쪼르르 달려가. 고민하다 "나 살찐 것 같아?"라고 물어보면 옆에서 아빠가 허허 웃으며 대신 대답하지.

"우리 딸 얼굴 보름달 같네."

내가 이 기분을 처음 느꼈던 건 초등학교 4학년, 열한 살 때였어. 우리 할머니는 성장기인 나에게 쑥쑥 더 크라며 일명 '입이 달아 못 먹는 음식이 없어지는' 한약을 지어 주셨어. 게다가 그때 우리 부모님은 '빅맥피자'라는 가게를 운영하셨지. 무려 피자와 치킨을 함께 파는! 또 내가 다니던 피아노 학원 근처엔 정말 맛있는 와플 집이 있었어. 가격도 500원 정도로 저렴해서 학원 오가는 길에 하나씩 야무지게 해치웠지. 처음에는 잘 몰랐는데, 어느 순간 몸이 무거워지는 게 느껴졌어. 결과는 물 보듯 뻔했지. 한 번 속도가 붙자 걷잡을 수 없이 살이 쪘어.

그리고 이 시기부터 그놈의 '2차 성징'도 시작되었지!

여드름이 생기고, 가슴이 커지고, 털이 자라나고(나는 심지어 겨드랑이뿐만 아니라 인중에도 났다고!), 생리를 시작하고. 혼란의 연속이었어. 나는 이런 몸의 변화에 잘 적응하지 못했던 것 같아.

부모님은 "당연한 거다." "원래 살은 다 키로 가는 거다." 말했지만, 웬걸? 중학생 때 키 성장은 멈춰 버렸어. 하지만 살은 계속

쪘지. 교복을 입으니 나의 모습은 더 암울하게 느껴졌어. 같은 반 친구들은 85 사이즈를 입는데, 나는 100 사이즈를 입고. 다들 교복 치마도 예쁘게 줄이는데, 나는 펑퍼짐한 항아리 같은 치마를 입고. 치마 밑으로 튀어나온 올록볼록한 종아리 알은 왜 또 그렇게 부끄러운지. 내가 중학생 때는 발목이 긴 스니커즈가 유행이었거든? 그런데 그걸 신으면 내 두꺼운 종아리가 더 부각될까 봐 포기했어. 정말 너무너무너무 신고 싶어서 꿈에 나올 정도였는데도 말이야.

스스로가 정말 볼품없게 느껴졌어. 살이 찐다는 건 사람을 이렇게 비참하게 만드는구나. 2차 성징은 왜 있는 걸까? 이럴 거였으면 차라리 키가 안 크는 게 더 나았을 텐데. 괜히 원망스러운 마음만 차올랐지. 답답한 마음에 또 쪼르르 부모님한테 달려가 "더 살찌는데 어떡해?" 하고 푸념하면, 이번에는 이렇게 말했지.

"이슬아, 대학 가면 다 빠져. 얼른 공부해."

좋아, 공부해야 한다는 건 학생인 내가 그 누구보다도 잘 알고 있는 거였지. 하지만 그전에, 나는 외적인 변화로 인해 많은 수난을 겪었거든. 친구들 사이에 묘한 따돌림과 무시, 좋아하는 사람에게 좋아한다 말하기도 전에 받은 미움, 친구들과 나를 끊임

없이 비교하느라 낮아진 자신감과 자존감. 이 모두를 직접 겪었는데, 어떻게 공부만 하고 있을 수 있겠어!

처음부터 실타래가 꼬인 느낌이었어. 이 문제를 먼저 해결해야만 나의 진짜 인생이 펼쳐질 것 같았지. 시간은 금이라는데, 내 아까운 시간을 '못생긴 채' 흘려보낼 수는 없었어.

그때부터 내 삶의 첫 번째 목표는 '165cm에 48kg'이었어. 그렇게 살을 빼고 나서 예쁘게 줄인 교복을 입고, 발목이 긴 새빨간 스니커즈를 신고 다니고 싶었어. 조금이라도 살을 빼기 위해 쉬는 시간마다 계단을 오르락내리락했어. 선생님 보러 간다면서 괜히 교무실을 들르고, 저녁은 건너뛴 채 학교 운동장을 뱅글뱅글 돌았어.

방학은 말 그대로 기회였어. 환골탈태한 모습으로 친구들을 깜짝 놀라게 해 주고 싶었어. '자극받기 위해' 걸 그룹 사진을 핸드폰 배경 화면으로 설정하고, 다이어터들이 모인 카페에 가입해서 다이어트에 성공한 회원들의 후기를 매일 읽었어. 하지만 내 의지와는 다르게 다이어트는 자꾸 작심삼일로 끝나 버렸어. 공부와 다이어트, 어느 것 하나 제대로 하지 못하고 개학을 맞이하곤 했지.

그러다 한번은 옆 반 친구가 개학 날 말 그대로 '여신'이 되어 나타난 거야. 살이 빠져 몰라보게 예뻐진 그 친구를 보러 다른 반 친구들까지 몰려들었어. 그야말로 난리가 났지. 다이어터 카페에서 읽던 성공 후기가 눈앞에 생생하게 펼쳐지니 너무 부럽고 질투가 나더라고.

모두가 그 친구에게 간절하게 물었어. 살을 어떻게 뺀 거냐고.

그 친구의 답은 간단했지.

"무조건 굶어야 돼."

② 음식은 내 인생의 적

곰곰이 따져 보니, 내 다이어트가 항상 작심삼일로 끝나는 이유는 바로 운동 때문이었어. 계획을 거창하게 세워도 매일 실천하는 게 쉽지 않았고, 공부도 해야 하니 정해 둔 목표치를 지키는 게 어려웠어. 하루만 빼먹어도 살이 찔 것 같은 불안감에 휩싸였지. 자연스럽게 식이 요법에 더 집중하게 되었어. 다이어터 카페에도 이런 글들이 많았거든.

'다이어트의 70%는 식단이에요! 운동 백날 해도 먹는 걸 조절해야 결국 살이 빠집니다.'

더불어 심금을 울리는 유명한 다이어트 명언들도 나를 제대로 자극했지.

'세끼 다 먹으면 살찐다.'

'먹어 봤자 아는 맛이다.'

'날씬한 것보다 더 달콤한 것은 없다.'

'죽을 만큼 운동하고, 죽지 않을 만큼만 먹어라.'

'고통은 지나간다. 아름다움만 남을 뿐.'

'순간의 즐거움을 위해 절대 무너지지 마라.'

'먹는 데 1분, 빼는 데 1시간.'

'평소대로 먹으면서 운동하면 건강한 돼지가 된다.'

모두 다 맞는 말 같았어. 어느새 내 생각도 바뀌기 시작했지. 그동안의 나는 순간의 즐거움을 참지 못해 더 큰 행복을 잃어버린 바보 같은 사람이다, 음식은 곧 나의 적, 내 몸을 살찌게 만드는 원흉이다, 먹는 행위는 나에게 스트레스만 가져다주는구나, 저 칼로리 덩어리들이 내 인생을 망치고 있구나…….

나는 곧바로 학교에서 먹는 급식 양을 조절하기 시작했어. 수요일마다 나오던 맛있는 메뉴들로 입시 스트레스를 풀곤 했는데, 줄여야 하는 게 좀 힘들었어. 그래도 어쩔 수 없었어. 학생인 내가 가장 쉽고 빠르게 살을 뺄 수 있는 방법은 그것뿐이었거든. 그렇게 꾸준히 조절하니 고 3 때쯤 되자 몸무게가 60kg대까지 내려왔어. 중학생 때 70kg이 넘어가면서 몸무게를 재지 않았었는데! 줄어 있는 몸무게를 보니 '이 방법이 틀리지 않았구나.' 안도하게 됐어.

그렇게 길고 긴 수험 생활을 끝내고 드디어 대학생이 되었어. 다들 살이 찐다는 고 3 때에도 별다른 운동 없이 어느 정도 몸무게 감량에 성공한 나는 자신감에 한껏 부풀어 있었어. 드디어 나에게도 예뻐질 기회가 찾아온 거야!

심지어 대학에 입학하고 난 뒤 초반에는 살이 더 빠졌어. 통학하는 데에도 한 시간 정도가 걸리고, 넓은 캠퍼스를 하루 종일 걸어 다녀야 했거든. 게다가 바쁘고 정신없는 하루를 보내느라 아침은 거르고, 점심과 저녁은 학식이나 편의점 메뉴로 대충 때우는 경우가 다반사였어.(앞에서 이야기했듯 폭풍 같은 연애로 마음고생을 많이 하기도 했고 말이야.)

어느 날인가에는 묘하게 옷이 커진 것 같기에 몸무게를 재 보니 58kg까지 내려갔더라고! 5로 시작하는 몸무게 앞 자리는 초등학생 때 이후로 처음이었어.

하지만 행복함도 잠시, 동시에 알 수 없는 불안감이 엄습했어.

'또 살이 쪄 버리면 어떡하지?'

지금껏 먹는 걸 조절해서 몸무게를 줄였는데, 다시 먹고 싶은 대로 다 먹는다면 살이 찔 게 분명하잖아. 이전으로 돌아가고 싶지 않았어. 그때부터 음식 양을 더 조절했지. 김밥 한 줄 먹을 걸 반 줄 먹고, 삼각김밥 하나로만 온종일을 버티기도 하고, 친구들과의 약속 자리도 잘 만들지 않았어. 스스로 세뇌도 했던 것 같아. '나는 입이 짧다. 너무 배부르다. 그냥 입맛이 없다.'

영양이 제대로 공급되지 않으니 몸에서 신호가 오더라. 오전 수업을 가려고 지하철을 탔는데, 갑자기 토할 것처럼 속이 울렁거렸어. 숨이 잘 쉬어지지 않고, 몸에 힘이 빠졌지. 버티다 도저히 안 될 것 같아서 문이 열리자마자 내리려고 했어. 그런데 순간 눈앞이 깜깜해지면서 바닥에 그대로 쓰러져 버린 거야.

다행히 의식을 잃은 건 아니었지만, 스스로 일어날 수가 없어서 주변 사람들의 도움을 받아 역무실로 옮겨졌어. 병원 의사 선생님은 내가 '기립 저혈압'이라고 말했어. 기립 저혈압에는 잘 먹고 건강해지는 게 제일이라고도 했지. 하지만 난 속으로 생각했어.

'잘 먹어서 도로 살찌면 누가 내 인생 책임질 건데.'

난 이 극단적인 통제를 멈추지 않았어.

생리 주기가 불규칙해지다 아예 하지 않는 달이 생기기 시작했어. 체력이 약해지고, 조금만 걸어도 숨이 찼어. 뭘 하려고 해도 도저히 힘이 나지 않았어. 그 이후에도 나는 지하철에서 몇 번씩 쓰러지곤 했어. 과장을 조금 보태자면, 학교 가는 길에 있는 지하철 역무실은 거의 다 가 본 것 같아.

그래도 좋았어. 살이 빠져서. 나의 진가를 알아보는 사람들이

나타날 것 같아서. 이제야 본격적으로 내 인생이 시작되는 것 같아서. 진짜 행복이 펼쳐질 것 같아서.

　하지만 기대와 다르게 몸은 금방 적응했어. 온종일 굶다시피 해도 예전처럼 몸무게가 잘 줄지 않았고, 조금만 더 먹어도 쉽게 살이 올랐어. 몸무게는 다시 60kg 중반을 넘나들었지. 그쯤 되니 내 몸 안에 차오르는 식욕이 정말 혐오스럽더라. 누구는 많이 먹어도 살 하나 안 찌고 날씬하던데, 왜 나만 이런 체질인지.

　문득 초조해졌어.

　'나의 젊고 아름다운 시절을 이렇게 보내느라 하고 싶은 것도

못 해 보고 나중에 후회하는 건 아닐까?'

나에겐 어린 시절부터 숨겨 온 모델이라는 꿈이 있었거든.(꿈과 관련된 이야기도 뒤에서 좀 더 자세히 풀어 볼 거야.) 대학 시절의 절반이 그냥 지나가 버렸는데, 아무것도 못 해 보고 사회에 나가긴 싫었어. 외모 때문에 포기했던, 부끄러워서 아무한테도 털어놓지 못했던 그 꿈. 시도조차 해 보지 않고 졸업하면 평생한이 될 것 같았어. 무엇보다 꿈 때문이 아니어도, 날씬하고 예뻐지면 지금보다 뭐든 더 나아질 거라고 생각했어. 안타깝게도, 내가 그때까지 살아온 세상은 그런 곳이었으니까.

난 '인생 마지막 다이어트' 프로젝트에 돌입했어. 이번에야말로 48kg까지 빼서 살 때문에 고통받는 삶을 끊어 내야겠다 결심했지. 기필코 다이어트에 성공해서 새빨간 스니커즈를 신고 캠퍼스를 걸어 다녀야겠다고.

③ '인생 마지막 다이어트' 프로젝트

프로젝트 미션 1. 휴학하기

나는 오로지 다이어트에 내 모든 시간을 쏟고 싶었어. 정말 절박했거든. 하지만 다이어트 때문에 휴학하겠다고 하면 어느 부모님이 허락하겠어. 잔꾀가 필요한 시점이었지. 나는 교환 학생 프로그램에 참여해 보고 싶다고, 영어 공부도 하고 필요한 토플 성적도 받을 겸 휴학하고 싶다는 선의의 거짓말(?)로 부모님을 설득했어. 아빠와의 냉전이 조금 있기도 했지만, '자식 이기는 부모는 없다'고 결국 내 편을 들어주었지. 미션 1 클리어!

프로젝트 미션 2. 운동과 친해지기

'인생 마지막 다이어트'라고 했잖아. 완벽하지 않은 방법은 용

납할 수 없었어. 운동도 제대로 배워야겠더라고. 하지만 학생에
겐 만만치 않은 비용 때문에 PT를 받을 수는 없었어.

그래서 난 헬스장 아르바이트를 하기로 했어. '서당 개 3년이
면 풍월을 읊는다'고 하잖아. 다이어터 카페 후기 중에서 헬스장
아르바이트를 하며 자연스럽게 트레이너들에게 운동을 배워, 살
도 빼고 심지어 자신도 트레이너가 되었다는 글을 본 적 있었거
든. 바로 동네 근처 헬스장 아르바이트에 지원해서 합격. 미션 2
도 순조롭게 클리어!

프로젝트 미션 3. 엄격하게 식단 관리하기

다이어트를 위해 휴학했으니 먹는 것도 더 혹독하게 관리하기
로 결심했어. 일단 인터넷에서 많이 떠도는 '걸 그룹 하루 식단'
을 흉내 내서 식단을 짜 봤어. 닭 가슴살도 대량 구입했지. 기초
대사량보다 덜 먹으면 살이 더 잘 빠진다는 꿀팁도 배웠어.(하지
만 이건 절대 사실이 아니야.) 이 혹독한 식단을 실천하려면 음식
의 칼로리를 잘 알아야 했지. 인터넷 검색으로 온갖 음식들의 칼
로리를 공부하기 시작했어. 미션 3 클리어.

헬스장 아르바이트 출근 시간은 새벽 네 시쯤이었어. 일찍 일

어나는 게 정말 힘들긴 했지만, 그래도 아르바이트 시간이 끝나면 무료로 자유롭게 운동할 수 있어서 좋았어. 짜 놓은 식단도 열심히 따랐지. 자신 있었어. 이번 다이어트는 분명 성공해 낼수 있다 확신했지. 휴학 기간이 지나고 나면 난 내가 원하는 삶에 한 발자국 더 다가갈 수 있을 거라고 굳게 믿었어.

다이어트 2개월 차 때까지는 몸무게가 빠른 속도로 줄었어. 세상에서 가장 정석적인 방법으로 건강하게 다이어트를 하는 사람이 나라고 생각했지. 하지만 3개월 차 때는 이전 달과 크게 다르지 않았고, 4개월 차 때는 몸무게 변화가 거의 없었어. 너무 당황스러웠어. 인터넷에 '다이어트 정체기 해결 방법'을 검색해 보기도 했지만, 명쾌한 해답은 없었어.

불타올랐던 열정도 잠시, 조급한 마음이 나를 덮쳤어. 잘 해내고 있다고 생각했는데, 어디서부터 잘못된 건지 감도 안 잡혔어. 힘겹게 모든 걸 억누르고, 참아 내고 있는데 당장 결과가 나지 않으니 점점 지쳐 갔어. 답답한 마음에 숨이 콱 막히는 기분도 들었어. 결국에는 이 생각에까지 다다랐지.

'어차피 안 빠지는 거 오늘만 마음껏 먹고, 내일부터 다시 시작할까?'

머릿속 계산기가 팽팽 돌아가기 시작했어.

'지금까지 잘 해냈으니 보상도 있어야지. 그래, 계속 채찍질만
했으니 몸도 힘들 만해. 당근도 써야지.'

그러곤 그동안 무언가 먹고 싶을 때마다 적었던 핸드폰 메모
장을 열었어. 심장이 두근거렸어.

'진짜 먹어도 될까? 근데 나 너무 힘들고 지쳤어. 오늘 하루 먹
으면 일주일은 또 고생할 텐데. 아니, 사람이 어떻게 참고만 살
아. 근데 먹는 만큼 참아야 하는 날들이 또 늘어나는 거잖아. 아,
어차피 이번 주는 살도 안 빠졌잖아. 오늘 먹고, 내일부터 더 열
심히, 더 바짝 쪼이면 돼. 나 진짜 너무너무너무너무 먹고 싶어!'

나도 모르는 새 양념치킨 한 마리가 내 앞에 배달되어 있었어.
배고파서 떨리는 손으로 닭 다리 하나를 들고 입에 넣었지. 그
래, 이거야! 내가 아는 맛! 아는 맛이니까 먹고 싶은 거지! 이성
을 잃고 허겁지겁 치킨 한 마리를 다 먹어 버렸어. 그리고 그제
야 정신이 들었어.

'나 지금 무슨 짓을 한 거지?'

순간 머릿속에 양념치킨 한 마리의 칼로리가 스쳐 지나갔어.
2500kcal. 내 하루 기초 대사량을 훨씬 넘는 칼로리였어.

미쳤구나 싶었어. '순간의 즐거움을 위해 절대 무너지지 말자'
고 그렇게 되뇌었는데, 식욕 하나 참지 못한 내 자신이 원망스러
웠어. 내 의지력은 왜 이것밖에 되지 않는지, 나는 왜 자신과 한
약속도 지키지 못하는지. 몇 시간 동안 자괴감에 빠져 있었어.

근데 더 웃긴 건 뭔지 알아? 그날 다이어트 계획이 망가졌다 생각하니 이런 생각도 스멀스멀 떠오르더라고.

'이왕 이렇게 된 거 오늘은 더 먹고, 진짜 내일부터 빡세게 해 볼까?'

하지만 그건 악순환의 시작이었어. 다음 날이 되면, 어제 참지 못하고 과식해 버린 스스로에 대한 혐오와 오늘도 식욕을 참을 수 없을 것 같다는 불안이 머릿속을 가득 채웠거든.

④ 정말 먹고 싶어, 근데 정말 먹기 싫어

　그렇게 치팅 데이는 이틀, 사흘, 나흘…… 점점 늘어났어. 치팅 데이가 늘어난 만큼 먹은 것도 많으니 운동량도 힘겹게 늘렸지. 그동안 억눌렀던 식욕은 치팅 데이에 또 폭발하고. 짧은 기간 동안 많은 음식을 한 번에 욱여넣다 보니 소화가 잘 안 되고 속도 더부룩해졌어. 몸이 부은 것도 느껴졌지. 치팅 데이 다음 날은 체중계에 올라가는 게 무섭더라. 늘어난 숫자를 내 눈으로 확인하는 게 두려웠어. 하지만 나는 그 위에 올라서야 했고, 확인 사살을 당했지.

　그러면 그다음 날은 엄청나게 절식하게 돼. 굶는 거지. 내 인생을 망치는 저 칼로리 덩어리들을 입에 넣은 것만으로 죄를 지은 기분이거든. 이런 과정이 반복되다 보면 처음에 결심했던 '정석적인, 건강한 다이어트'는 어느 순간 사라지더라. 마음은 분주하고 조급해지고, 스트레스와 짜증은 배로 늘어. 한순간의 실수로 그동안의 노력을 날려 버린 나를 원망하면서, 빠졌던 몸무게를 빠르게 되돌리기 위해 결국엔 다시 굶게 돼. 건강하지 않은 방법이라는 것도 알아. 하지만 그런 건 상관하지 않게 되지. 살이 잘 빠지느냐, 아니냐. 그것이 가장 중요한 문제니까.

특히 이런 상황은 생리 기간이 되면 더욱 심해졌어. 생리가 다가올 때쯤이면 참을 수 없는 식욕이 머리부터 발끝까지 차올랐거든. 이 시기에는 인내심이 평소의 몇 배는 더 필요했던 거 같아. 평소에는 잘 먹지도 않는 단것들도 막 당겼어. 참다 참다 결국 먹어 버리고 나면 더 큰 우울감에 빠졌어. 하루에도 수십 번씩 감정이 널을 뛰었고. 나는 정말 진심으로 내 자궁을 떼어 내고 싶었어. 그놈의 호르몬이 대체 뭐길래! 안 그래도 참기 힘들어 죽겠는데, 왜 자꾸 음식을 당기는지. 자궁을 미워하다 보면 내 몸 구석구석까지 혈관을 타고 그 혐오가 퍼졌어. 그리고 늘 이렇게 살이 쉽게 찌는 몸뚱어리를 갖고 태어난 내가 싫다는 결론에 다다르곤 했지.

며칠간 설식을 하다 참지 못하고 또다시 폭식한 어느 날에는 이런 생각까지 들더라.

'먹은 걸 토해 내면 살 안 찌겠지?'

나는 화장실로 터벅터벅 걸어갔어. 그리고 손가락으로 목구멍을 깊숙이 찔렀어. 태어나서 처음으로 해 보는 구토 유도였어. 그러자 방금 먹었던 내 죄책감의 산물들이 올라왔어. 하나씩 하나씩 뱉어낼 때마다 내 마음을 짓눌렀던 죄의 무게가 가벼워지는 기분이었어.

목구멍이 몹시 따가웠고 입 안은 텁텁했지만, 속이 뻥 뚫린 것처럼 시원해졌어. 이래도 되는 건가 싶다가도 스스로 합리화하면서 그 걱정을 덮어 버렸어.

'오늘은 어쩔 수 없어. 내일부터 제대로 조절해서 먹고, 운동하면 돼.'

과연 그날만 그랬을까? 아니, 그렇지 않았어. 난 비로소 칼로리로부터 자유로워질 쉽고 빠른 방법을 찾은 거야. 먹고 싶은 음식을 마음껏 먹어도 살이 안 찌니, 이보다 완벽한 방법이 또 어디 있겠어. '먹고 토하기'를 할 때마다 또 다른 죄책감이 쌓였지만 그건 음식을 먹어 버린 죄책감에 비하면 아무것도 아니었어.

처음엔 잘못되었다는 자각조차 없었어. 나의 의지는 이것밖에 되지 않으니까. 이 의지를 뛰어넘는 방식을 택하는 수밖에.

먹고 토하기를 반복할수록 몸이 아파 왔어. 힘없이 누워 있기만 하고, 자리에서 일어나면 어지러워 한참을 주저앉아 있어야 했어. 불규칙하던 생리는 아예 끊겨 버렸지. 머리카락이 빠지고, 목도 부었어. 당장 무슨 병에 걸렸다고 해도 이상하지 않을 만큼 생기가 없었어. 몸도 마음도 정상이 아니었지. 나중에는 먹고 토하는 것조차 싫어서 그냥 계속 잠만 잤어. 사람들을 만나는 것도 싫었어.

여느 때처럼 먹은 걸 다 게워 내고 방에 누웠는데, 그런 의문이 들었어.

'그렇게 꿈 많고, 도전하는 걸 좋아했던 나였는데. 지금 내 하루는 왜 이렇게 된 거지?'

당연하고 다채로웠던 나의 하루와 일상 들은 어느새 지워져 있었어. 내가 가지고 싶었던 행복이란 게 이런 거였을까. 나는 사랑받고 싶었어. 꿈을 이루고 싶었어. 예뻐지고 싶었어. 옷을 마음껏 입고 싶었어. 내 삶을 더 멋지고 아름답게 꾸리고 싶었어. 단지 그것뿐이었는데. 어디서부터 잘못된 건지 알 수 없어서,

언제나 가장 쉬운 방법을 택해 왔지. 나에게 화살을 돌리는 거야. 내 의지가 이것밖에 안 돼서 먹고 토하기를 하고, 내 몸을 망가뜨리고 있다고.

하지만 그럼에도 불구하고 나는 쉬이 다이어트를 그만둘 수가 없었어. 왜냐하면 살찐 나는 행복할 수 없으니까.

⑤ 다이어트 이제 안 해

처음에는 모르는 척했어. 내 일상을 천천히 망가뜨리고 있는 게 이 대책 없고 무자비한 다이어트라는 걸. 그럴 수밖에 없었어. 왜냐하면 그걸 놓는 순간 또 살이 찔 게 뻔하잖아. 지금도 이렇게 억누른 채 통제하고 있는데, 자제력을 잃는 순간 내 인생은 손쓸 새도 없이 와르르 무너질 것 같았어.

하지만 한편으로는 너무 힘들어서 견딜 수가 없었어. 건강이 점점 나빠졌고, 더 이상은 그 어떤 것도 해낼 수 없을 것 같았지. 먹고 싶은 음식을 참는 것도, 식욕을 참고 참다 폭식하는 것도, 폭식했다는 죄책감을 지우려 먹은 걸 다 토해 내는 것도. 모든 게 허무하더라. 행복해지고 싶어서 모든 걸 다 걸고 노력했는데,

결국 그 노딕이 나를 망가뜨려 놓았잖아.

　그렇게 한동안 다이어트를 계속하고. 싶은 마음과 다이어트를 그만두고 싶은 마음이 공존했어. 그리고 그 사이에서 갈등했지. 하지만 결정을 내려야 했어. 내가 살기 위해서는.

　변화는 늘 그렇듯이 어느 날 갑자기 운명처럼 다가왔어. 우연히 유튜브에서 해외의 '플러스 사이즈'(Plus-size. 보통의 기성복 사이즈보다 큰 사이즈를 의미해. 패션계에서도, 우리 일상에서도 통용되고 있는 용어이지만, 최근에는 오히려 마른 체형을 '표준'으로 규정짓고 있다는 비판을 받기도 해.) 모델들의 영상을 보게 됐거든. 그녀들은 누구보다 당당하고 멋진 모습으로 런웨이를 걸었어. 나는 영상 속 모델들과 눈을 맞추었지.

　강렬했어. 단 몇 분밖에 되지 않는 짧은 영상을 몇 번이고 돌려 봤어. 직설적으로 말할게. 태어나서 처음이었어, 뚱뚱한 사람을 보고 '저 사람 정말 행복해 보여!' '너무 당당하고 프로페셔널해!' 같은 생각을 했던 건. 내가 그동안 접해 온 미디어에서는 뚱뚱한 사람을 우울하거나 게으른 사람으로 묘사하곤 했으니까. 그들의 몸집이나 식욕은 단골 개그 소재로 쓰이기도 했고 말이야. 하지만 이 영상 속 모델들은 달랐어. 누가 봐도 그녀들은 빛나는 주인공이었거든.

그 뒤로 나는 자연스럽게 바디 포지티브 운동도 접하게 됐어. '나의 몸을 있는 그대로 사랑하라'니, 당황스러웠어. 다른 세상의 이야기처럼 들렸어. 난 늘 거울을 보며 내 외모 콤플렉스를 집어내 불평하기 바빴으니까. 한편으로는 '내가 스스로에게 참 엄격했었구나.' 깨닫는 계기가 되어 주기도 했어.

머릿속에서 영상 속 그녀들의 모습이 지워지지 않았어. 그러면서 나는 계속 곱씹어 보게 됐지. 내가 어떤 모습이든지 스스로를 있는 그대로 바라봐 줄 수 있다면? 이 모습으로도 괜찮은 삶을 살아 낼 수 있다면? 그래서 내가 모르고 있었던 또 다른 방향의 삶이 펼쳐진다면? 이 질문들은 내 마음속에 쌓이고 쌓여 작은 용기가 되었어. 그동안 모른 척했던 사실을 마주할 수 있는, 아주 작고 작은 용기가.

그렇게 난 다이어트를 그만두었어.

나는 스스로 약속했어. 다이어트를 그만둔 뒤에 어떤 일이 펼쳐지든, 내가 내 옆에 있어 주기로. 그동안 단 한 번도 나 자신을 괜찮다 여겨 주지 못했으니, 지금부터라도 스스로를 믿고 함께 해 주기로.

그 뒤로 나는 먹고 토하기를 멈췄어. 먹고 싶은 만큼 먹었어. 운동도 그만뒀어. 먹고 누워만 있는 나 자신이 한심하기도 했고, 어디까지 망가질지 두렵기도 했어. 그래도 나는 나에게 이렇게 말해 주었어.

"괜찮아, 이슬아. 먹고 싶은 만큼 먹어. 먹어도 괜찮아. 너 죄짓는 거 아니야."

때로는 거울을 보면서 이렇게 말하기도 했지.

"나는 나이기 때문에 충분해. 그러니까 괜찮아."

처음에는 스스로 사랑하는 모습을 흉내만 냈던 것 같아. 이렇게 한다고 해서 뭐가 바뀔까 자조하기도 했었지만, 내가 할 수 있는 건 이게 전부였어. 약속했으니까.

얼마간은 내가 예상한 대로 살이 쪘어. 당연한 결과였지. 얼마나 신나게 먹었는지 몰라. 다시 살이 찐 나를 보는 건 너무 고통스럽고 힘들었어. 그렇지만 계속 되뇌었어.

"괜찮아. 내가 네 옆에 있을 거야. 충분해. 멋져. 최고야."

이 말들을 내뱉으면 내뱉을수록 아주 작은 낟알 같았던 용기가 마음속에서 점점 커지는 게 느껴졌어. 몇 주, 몇 달. 시간이 흐를수록 주먹만 한 돌멩이, 단단한 바위만큼 커지더라고. '괜찮다'라는 말의 힘이 조금씩 와닿았어. 나를 긍정하면 할수록 다이어트가 내 삶에서 차지하고 있던 무게는 점점 가벼워졌어. 몸무게 재는 것도 그만뒀고, 거울을 자세히 뜯어보는 것도 멈추게 됐어.

그리고 결정적으로, 내가 생각했던 최악의 시나리오와는 전혀 반대되는 이상한 일이 일어나기 시작했어.

오히려 살이 빠지기 시작했거든.

⑥ 자연스럽고 당연한 식욕

내가 한 것이라곤 '나를 있는 그대로 인정한 것' 단 하나뿐인데, 마법 같은 일들이 벌어지기 시작했어. 더 이상 내 식욕, 먹는 행위를 미워하지 않게 됐으니까.

어린 시절, 살이 찌기 시작하면서부터 난 무언가를 먹을 때 사람들의 눈치를 보게 됐어. 집에서는 부모님한테 "살찌니까 그만 먹어."라는 잔소리를 듣게 될까 봐, 밖에서는 "저러니까 살이 찌지."라는 시선을 받게 될까 봐. 먹고 싶은 걸 잔뜩 사서 방 안에 숨겨 놓고 혼자 해치웠던 적도 많았지.

그래서인지 음식에 대한 집착이나 미련이 점점 더 커졌던 것 같아. 예전의 난 친구가 얼마 먹지 않고 배부르다며 식사를 마치면, 솔직히 그 말을 믿지 않았거든. 다이어트하느라 괜히 배부르다 하는 거라 생각했어. 왜냐하면 나한테 '조금만 먹어도 배가 부르다'는 건 있을 수 없는 일이었으니까. 난 늘 눈앞에 있는 음식을 꾸역꾸역 다 먹었고, 배가 불러도 음식이 있으면 꼭 먹어야 직성이 풀렸어. '이거까지 먹으면 살찔 텐데.' '다이어트해야 하는데.' 하며 걱정하면서도 수저를 멈출 수 없었지. 늘 달고 사는 말이 "배고파."였고, 음식을 양껏 먹고 나서도 뒤돌아서면 공허한 배고픔에 시달렸어.

식욕은 늘 내가 통제하기 힘든 것이었기에 음식을 먹는 행위, 무언가를 먹고 싶다는 마음에 큰 죄책감이 들었던 것 같아. 날 살찌게 만드는 식욕이 정말 미웠어. 왜 나는 식탐이 많을까 원망도 많이 했고.

그런데 다이어트를 그만두고 나서야 깨달았어. 이게 전부 다이어트 강박과 섭식 장애였다는 걸.

내가 다이어트를 그만둔 이후, 먹고 싶은 것을 마음껏 먹었다고 했잖아? 오히려 그게 내 식욕을 정상으로 되돌려 줬어. 물론 처음에는 억눌려 있던 식욕이 터져 폭식을 하기도 하고, 실제로 살도 쪘어. 하지만 달라진 건 내 태도였지. '먹는 나'에 대해 더 이상 부정적으로 생각하지 않았어. 이 음식의 칼로리가 얼마인지도 생각하지 않았지. 온전히 내가 먹는 음식을 음미하는 데 집중했어. 진짜 행복했어. '이게 이런 맛이었나?' '이렇게까지 맛있었나?' 혀끝에 닿는 음식들의 맛이 새삼 새롭게 다가왔어. 아무런 걱정 없이 음식을 먹어 보는 게 얼마 만인지. 무엇보다 식사를 다 마치고 난 뒤 잘 먹었다고, 잘했다고 스스로에게 해 주는 칭찬이 날 기쁘게 했어.

그리고 곧 신기한 일이 벌어졌어. 식욕이 제대로 채워지는 경험이 쌓이다 보니 어린 시절부터 나를 조종했던 식탐이 사라지기 시작했어. 하루 종일 내 머릿속을 가득 채웠던 다이어트 생각 대신 내 몸은 다른 욕구로 향하더라. 다시 성장하고 싶다는 욕구, 친구들과 만나 즐거운 시간을 보내고 싶다는 욕구, 지금의 모습으로 성공해서 모두에게 보여 주고 싶은 욕구, 가족에게 사랑한다고 말하고 싶은 욕구. 그제야 깨달았어. 난 그동안 식욕을 채운 게 아니라 입에 무언가를 넣으며 걱정과 불안을 키워 왔다는 걸.

어떤 날은 너무 입맛이 없었어. 난생처음으로 음식을 조금만 먹고도 스스로 수저를 내려놓는 경험을 했어. 그때 내가 얼마나 어이없었는지 알아? '이게 진짜 있는 일이었네?' 했다니까! 때로는 해야 할 일에 너무 집중한 나머지 바빠서 먹는 걸 잊어버린 날도 있었어. 진짜 허무했어. 잘못된 식욕에 조종당하지 않는 삶이 누군가에게는 당연하고 자연스러운 일상이었을 테니까. 다이어트를 그만두고 쪘던 살도 다시 빠졌어. 결코 끼니를 굶거나 안 먹은 게 아니야. 꽤 오랫동안 체중계에 올라가지 않았음에도 다

느껴지더라고. 몸이 가붓해졌다는 게.

나는 왜 그토록 내 식욕을 미워했을까? 생각해 보면 그건 나의 일부잖아. 내 몸이 더 잘 기능하기 위해, 위험한 상태에 빠지지 않게 하기 위해 식욕은 제 일을 한 거야. 먹어야 한다고, 그래야 살 수 있다고. 나는 내가 식욕에 맞서 싸우느라 고군분투했다고 생각했는데, 그게 아니었어. 내 식욕은 그 어떤 것보다 날 위해 일해 주고 있었던 거야.

나는 내 식욕이 더 이상 밉지 않아. 음식은 내 삶을 더 재밌게 만들어 주는 수단이지. 다이어트할 때 그토록 갖고 싶어 했던 습관과 생활 들이 자연스럽게 내 일상이 되었어. 아이러니하게도 다이어트를 그만둔 덕분에.

식욕에 대한 부정적인 생각을 줄여 주는 먹기 명상

    섭식 장애는 생각보다 먼 이야기가 아니야. 나도 옛날에는 '먹고 토하기'를 반복하는 등 일상에 심각한 영향을 끼치는 정도여야 섭식 장애라고 생각했는데, 알고 보니 (정도의 차이만 있을 뿐) 나는 늘 섭식 장애와 다이어트 강박을 가지고 있었더라고.

    "저는 칼로리 계산 정도밖에 안 하는데요?" 하며 가볍게 생각하는 친구도 있을 텐데, 우리 제대로 짚어 보자. 너희를 위해 테스트 하나를 준비했어. 아래의 문항을 보면서 나의 상태와 가장 가깝다고 생각하는 부분에 표시해 봐.

■ 한국판 식사 태도 검사-26(KEAT-26)
(1979년 데이비드 가너와 폴 가핑켈이 만든 '섭식 태도 검사(EAT)'를 한국판으로 번역 및 표준화한 검사)

문항	늘 그렇다	거의 그렇다	자주 그렇다	가끔 그렇다	거의 그렇지 않다	전혀 그렇지 않다
살찌는 것이 두렵다.						
배가 고파도 식사를 하지 않는다.						
나는 음식에 집착하고 있다.						
억제할 수 없이 폭식한 적이 있다.						
음식을 작은 조각으로 나누어 먹는다.						
음식의 영양분과 열량을 알고 먹는다.						
빵, 감자 등 탄수화물이 많은 음식은 특히 피한다.						
내가 많이 먹으면 다른 사람들이 좋아하는 것 같다.						

문항	늘 그렇다	거의 그렇다	자주 그렇다	가끔 그렇다	거의 그렇지 않다	전혀 그렇지 않다
먹고 난 뒤에 토한다.						
먹고 난 뒤에 심한 죄책감을 느낀다.						
더 날씬해져야겠다는 생각을 떨쳐 버릴 수 없다.						
운동할 때 운동으로 소모될 열량을 계산한다.						
남들은 내가 너무 말랐다고 생각한다.						
너무 살쪘다는 생각을 떨쳐 버릴 수 없다.						
식사 시간이 다른 사람보다 길다.						
설탕이 든 음식은 피한다.						
체중 조절을 위해 다이어트용 음식을 먹는다.						
음식이 나의 인생을 지배한다는 생각이 든다.						
음식에 대한 조절 능력을 과시한다.						
사람들이 나에게 음식을 강요하는 것처럼 느껴진다.						
음식에 대해 많은 시간과 힘을 쏟는다.						
단 음식을 먹고 나면 마음이 편치 않다.						
체중을 줄이기 위해 운동이나 다른 것들을 한다.						
위가 비어 있다는 느낌이 든다.						
기름진 음식을 즐긴다. (★)						
식사 후 토하고 싶은 충동을 느낀다.						

• 늘 그렇다 – 3점   • 거의 그렇다 – 2점   • 자주 그렇다 – 1점
• 가끔 그렇다 / 거의 그렇지 않다 / 전혀 그렇지 않다 – 0점

* 단, (★)문항은 아래 점수로 채점
• 늘 그렇다 / 거의 그렇다 / 자주 그렇다 – 0점   • 가끔 그렇다 – 1점
• 거의 그렇지 않다 – 2점   • 전혀 그렇지 않다 – 3점

몇 점 나왔어? '음, 이 정도까지는 아닌 것 같은데?' 하면서 은근슬쩍 점수를 깎는 건 안 돼. 내 몸을 마주하기로 했으니까 이제는 정말 솔직해져야 해. 자신을 속이지 말고 체크해 보자.

이 테스트에서 **여성 18점 이상, 남성 15점 이상**을 받으면 <u>섭식 장애의 경향이 있다고 진단</u>된다고 해. **여성 22점 이상, 남성 19점 이상**일 경우 <u>전문가와의 상담을 통한 의학적인 진단이 필요한 상태</u>라고 하고.

예전의 나에게 이입해 테스트를 해 봤더니, 세상에! 47점이나 나왔어. 그리고 현재의 나로 돌아와 테스트해 보면 8점 정도 나와. 새삼스레 바디 포지티브를 알게 된 걸 천만다행이라고 생각하게 되네.

내가 섭식 장애를 겪을 때 가장 힘들었던 건 바로 음식에 대한 애증이었어. 식탐은 많은데, 날 살찌게 만드는 음식이 또 얼마나 밉던지. 하지만 적절한 치유 과정을 거치면서 그 틀을 깨고 새로운 관점으로 음식을 바라볼 수 있게 되었지. 그렇게 나아지는 데 큰 도움을 준 방법 하나를 소개할게. 바로 '먹기 명상'이야.

먹기 명상은 한 가지 대상에 집중하는 명상법이기 때문에 식욕을 다스리고 음식에 대한 관점을 바꾸는 데 도움을 줄 뿐만 아니라 집중력을 키우는 데에도 아주 효과적이야. 또, 음식을 천천히 먹는 게 좋다면서 '한 숟가락당 50번씩 씹기' 같은 방법을 추천하잖아? 나도 다이어트할 때마다 해 봤는데 습관으로 들이기 힘들었거든. 그런데 이 먹기 명상이 오히려 천천히 먹는 데 더 도움이 되더라.

'명상'이라는 단어에 어렵고 지루할까 봐 지레 겁먹은 거 아니지? 생각보다 거창하거나 어렵지 않으니 한번 같이 해 보자.

● 준비물은 한입에 먹을 수 있는 간식 한두 개.(작은 초콜릿 정도?)
조용하고 편안한 장소에 힘을 빼고 앉는다.

● 눈앞에 있는 음식에 대해 전혀 모르는 상황이라고 설정한다.
("나는 이 초콜릿의 정체를 몰라서 연구하는 미친 오타쿠 과학자다!" 같은 재밌는 전제를 추가해 보는 거야!)

● 음식을 입에 넣기 전 차분히 음식을 만지고 느껴 본다.
(손끝에 닿는 초콜릿의 촉감에 집중해 봐. 살짝 눌러도 보고 동글동글 굴려도 보고, 귀에 가져다 대 보며 소리도 들어 보는 거야. 그 안에서 나는 소리는 아무리 작아도 다 듣겠다는 마음으로. 손에서 살짝 떨어져 나갈 때 끈적이는 소리, 꾹 눌렀을 때 나는 소리도 들어 봐. 무슨 향이 나는지 코끝에도 가져다 대 보자.)

● 음식을 입 안에 천천히 넣는다.
(초콜릿을 살포시 혀끝에 대 보자. 혀 중간에도 대 보고, 입 안에 넣어서 앞니로 잘라 보고, 어금니로 씹어 보고, 침과 섞이면서 무슨 맛이 나는지도 생각해 보는 거야. 마지막에는 삼키면서 입과 목구멍에서 느껴지는 감각에 최대한 집중해 보자.)

● 명상하다가 다른 생각이 들어도 OK!
(그냥 "음. 이런 생각이 찾아왔군!" 하고 흘러가게 놔두자. 다시 느끼고 있던 감각으로 자연스럽게 돌아오면 돼!)

● 명상을 다 마치고 나면 작은 음식 하나를 가지고 5분 넘게 씹고 맛보고 즐기는 스스로를 발견하게 된다!

자, 어때? 그리 어려울 것 같지 않지? 처음엔 여러 생각으로 머리가 복잡할 수 있어. 익숙하지 않으니까 당연한 거야. 그런 자신을 탓할 필요도 없고. 그저 먹을 때 찾아오는 죄책감, 먹는 나를 향한 혐오감, 다이어트에 대한 걱정, 체중에 대한 압박감…… 그 모든 걸 내려놓고 오로지 내가 먹는 음식, 그리고 거기서 느껴지는 것들에만 집중해 보자. 그걸 연습해 보는 것만으로도 충분해. 평소 식사 시간에 했던 부정적인 생각이 100이라면, 먹기 명상으로 60~70은 덜어 낼 수 있을 테니까.

Part 04

운동, 너에게도
찾아올 수 있는 변화

믿기지 않아.

너무 귀찮아서,
다리가 더 굵어질까 봐,
근육만 많아질까 봐,
운동은 쳐다도 보지 않았던 내가

꾸준히 운동을 하고 있다니!

심지어 재미있기까지 하다니!

Cheedo-p

#오운완 #오늘도운동완료

① 좁혀지지 않는 나와 운동 사이의 거리

너희, 운동 좋아해? 꾸준히 하고 있는 운동 있어?

아마 이 질문 보자마자 지루하고 따분하다고 생각한 친구들 많겠지? 어떤 친구들은 '운동'이라는 단어만 떠올려도 귀찮음을 느낄 수도 있고, 어떤 친구들에겐 운동이 그럼에도 불구하고 해야 하는 애증의 대상일 수도 있겠네.

앞의 이야기들을 보며 예상했겠지만, 예전의 나도 숨쉬기 운동만 좋아하던 애였어. 처음부터 그랬던 건 아니고, 초등학교 저학년 때까지는 학교 운동회에서 반 대표 계주 선수로 뛰었을 만큼 나름 운동을 곧잘 했거든? 그랬던 내가 운동을 멀리하게 된 건 2차 성징을 겪게 되면서부터야.

사실 2차 성징은 우리 몸에 나타나는 자연스러운 성장 과정이
잖아. 하지만 난 내 몸에서 나타나는 변화가 너무나도 낯설었어.
그때 난 또래 아이들보다 가슴 사이즈가 상대적으로 컸거든. 빠
르게 커지는 가슴 때문에 전에 입던 사이즈보다 훨씬 큰 교복을
입어야 했고, 무례한 친구들에게 "네 가슴 한번 만져 봐도 돼? 네
가 우리 학년에서 가슴 제일 크잖아!" 하고 불쾌한 관심을 받기
도 했어. 하지만 내가 그때 느낀 당황스러움이나 수치심을 제대
로 설명해 주거나 위로해 주는 어른들은 없었지.

그래, 내가 운동과 멀어진 것도 그즈음부터였을 거야.

내가 좋아하던 줄넘기가 싫어졌고, 체육 시간마다 몸풀기로 운동장 한 바퀴 도는 게 그렇게 무시웠어. 뛰기 전부터 심장이 두근거리고 식은땀이 났지. 모두가 흔들리는 내 가슴만 쳐다보고 수군댈까 봐. 아무도 날 보지 않는데도 자꾸만 신경 쓰여서 어깨를 더 구부정하게 말고 다니기도 했어. 동작들도 작고 소심해졌지. 체육 시간은 내게 결코 즐거운 시간이 아니게 되었어. 물론, 다들 그렇듯 학년이 올라가고 고등학교에 진학하자 체육 시간은 나와 자연스럽게 멀어졌어. 대학 입시에 더 집중하고 매진해야 했으니까. 그때는 그 사실이 정말 기꺼웠는데, 지금 생각해 보면 그것 역시 운동과 멀어지게 된 이유 중 하나인 듯해.(이 책을 읽고 있는 너희들도 크게 다르지 않을 거라고 짐작해.)

그래서 다이어트를 시작했을 때 운동이 제일 걱정이었어. 하기도 싫고, 귀찮고, 힘들기만 하고, 재미도 없고, 견뎌야만 하는 이 시간이 다이어트에는 필수 조건이었지. 진짜 끔찍했어. 안 그래도 공부 때문에 스트레스 받는데, 운동으로 더 스트레스 받아야 한다니! 나에게 있어서 운동은 '살을 빼기 위한 방법' 그 이상, 그 이하도 아니었거든.

누군가는 '운동이 스트레스 해소에 도움된다'고, '습관처럼 매일 하는 게 중요하다'고 했지만 난 그 말을 믿지 않았어. 속으로 이렇게 생각했지.

'거짓말! 다들 살찌기 싫으니까 적당히 참으면서 운동하는 거면서……'

그랬기 때문에 음식 양을 조절하는 다이어트가 더 쉽고 빠르게 느껴지기도 했어. 효과가 눈에 확확 보였으니까.

하지만 그랬던 나도 '이제는 제대로 운동을 해야겠다'고 마음먹을 수밖에 없는 순간이 찾아왔지. 맞아, 내가 '인생 마지막 다이어트' 프로젝트를 선언했을 때! 다이어트에 내 모든 시간과 노력을 쏟아붓겠다고 결심했기에 운동은 더 이상 피할 수 있는 문제가 아니었어.

운 좋게 헬스장 아르바이트를 하면서 운동을 시작했어. 일하는 시간 외에는 자유롭게 시설을 이용할 수 있고, 그곳에서 일하는 트레이너 선생님들께 조언을 구할 수도 있어서 좋았어. 헬스장은 내가 매일 출근해서 오랜 시간을 보내는 곳이니 운동을 내 일상 루틴 중 하나로, 내 평생 습관으로 금방 만들 수 있겠다 싶었지. 운동 계획을 작심삼일로 끝내던 과거는 안녕, 다시 태어날 시간이었어.

헬스장 러닝 머신 위를 달리면서 넌 상상했어. 부러질 것 같은 손목, 금방이라도 쓰러질 것같이 마르고 가냘픈 허리, 사이기 붙지 않는 얇은 허벅지, 군살 하나 없이 직각으로 똑 떨어지는 어깨, 매끈한 종아리를 갖게 된 나. 다이어트에 성공해 "이슬아! 너 너무 마른 거 아니야?" 하는 모두의 걱정과 보호를 한 몸에 받는 나를 말이야. 미래의 내 모습이 머릿속으로 계속 재생됐어, 빙빙.

② 운동의 꽃말은 '고통과 인내'

헬스장에서 운동을 시작하면서 자연스럽게 근력 운동에도 관심을 갖게 되었어. 그동안은 오래 걷기나 줄넘기 같은 유산소 운동만 조금씩 해 본 게 전부였으니, 나를 자극할 새로운 운동이 필요하다고 느꼈거든.

나름의 조사를 하다 보니, 이런 요지의 글들이 많이 보였어.

'여성에게도 근력 운동이 필요합니다. 여성분들은 호르몬의 영향이 커서 보통의 근력 운동으로는 보디빌딩 선수처럼 근육이 커지지 않아요, 절대. 그러니 두려워 마시고, 무조건 근력 운동 하세요!'

하지만 솔직히 반신반의했어. 내 종아리만 해도 볼록 튀어나오는 근육이 장난 아니었거든.(나중에 알았지만 그건 부종 탓이 컸어.) 허벅지 옆쪽에도 근육이 꽤나 붙어 있는 거 같았어. 그래서 '나는 태생적으로 근육이 많은 체질인가?' 싶다가도, 또, 내가 원하는 몸매가 되려면 근력 운동은 필수라고 하니 안 할 수는 없겠더라고.

'아, 우락부락한 근육질 몸매는 절대 사양인데.'

걱정이 앞섰지만, 그래도 이 말들을 믿어 보기로 했어.

나는 운동에 미친 사람처럼 계획을 세웠어. 헬스장 아르바이트가 끝나면 준비 운동-근력 운동-유산소 운동을 차례대로 해주고, 저녁을 먹은 뒤 집에서 맨손 운동(요즘에는 '홈 트레이닝', '홈트'라고들 하지?)을 하기로 했지.

하지만 세상 모든 일이 마음처럼 쉽지 않지. 유튜브로 배운 방법대로 근력 운동을 따라 해 봤지만, 내 자세는 왠지 어설프게만 느껴졌어. 제대로 자극이 가는 건지도 모르겠고. 스쾃을 할 때는 무릎이 발끝보다 앞으로 나가면 안 된다고 해서 열심히 지켰거든? 근데 허벅지가 너무 땅기고 무릎도 좀 아픈 거야. 하지만 '내가 워낙 운동을 안 해서 이런가 보다.' 생각하면서 일단 하라는 대로 했어.

유산소는 또 얼마나 지루한지. 러닝 머신을 타면 너무 시간이 안 가고, 사이클을 타면 스쾃 했던 무릎이 욱신거리고. 그날 운동을 정리하면서 폼 롤러로 온몸을 시원하게 마사지하는 시간이 그나마 제일 재밌었어.

집에서 하는 맨몸 운동도 매일 똑같은 선생님들이랑 똑같은 루틴으로 반복하려니 금방 질려 버리더라. 혼자 하니 자세도 쉽게 무너졌어. 허벅지는 캐시 선생님, 허리는 티파니 선생님, 다이어트 체조는 이소라 선생님, 요가는 옥주현 선생님, 스트레칭은 강한나 선생님……. 각 부위와 운동 종류별로 선생님들 순회를 쫙 돌고 나면 문득 가족보다 더 자주 얼굴을 뵙는 거 같다는 생각에 머쓱하기도 하더라고.

초반에는 몸무게 감량이 잘되길래 내 운동 계획이 헛되진 않았구나 싶었는데, 몇 주가 지나니 몸무게 감량 폭은 점점 줄었어. 나는 다시 불안해졌어.

'하, 러닝 머신하고 사이클 둘 다 같이 할걸 그랬나?'

'어쩐지, 스쾃 하는데 무릎이 아프더라! 자세가 틀렸나 봐.'

'운동 시간을 더 늘려야 하는 건가?'

'자기 전에 줄넘기 2,000개도 추가해, 말아?'

'뭐가 문제지? 어떤 부분이 잘못인 걸까?'

온갖 추측과 걱정으로 머릿속이 아주 복잡해졌어.

그 와중에 오랜만에 만난 친구는 이런 말로 내 마음에 확 불을
지폈어.

"이슬아, 너 허벅지가 좀 굵어진 것 같다?"

순간 욱하는 마음이 올라오더라. 아니, 살이 빠졌다는 말도 아
니고, 허벅지가 굵어졌다고? 안 그래도 튼실한 하체는 내 오랜
콤플렉스인데! 머리가 펑 터져 버릴 것만 같았어. 역시 내 몸은

예외였던 걸까.

'여자도 근력 운동 해야 한다며! 호르몬 때문에 근육 쉽게 안 생긴다며! 내가 원하는 몸매를 가지려면 이게 최선이라며! 이건 그냥 우락부락한 근육 돼지잖아!'

애초에 운동을 통한 즐거움은 내가 바라는 게 아니었어. 내 운동의 목적은 다이어트였으니까. 그런 즐거움을 느낄 여유조차 없었어. 결과가 나오지 않으니 하기 싫은 마음은 더 커져만 갔지. 하지만 난 '인생 마지막 다이어트'를 하고 있잖아. 여기에 모든 걸 쏟아부으려고 휴학까지 했잖아. 그때 나에게 운동은 싫어도 해야 하는 거였어.

그러다 어느 날은 평소처럼 스쿼을 하려고 자세를 잡는데, 갑자기 구역질이 나는 거야. 소화가 덜 된 것도 아니었고, 많이 먹은 것도 없었어. 내 몸은 짜증 난 것처럼 운동을 밀어내고 있었어. 제발 좀 그만하라는 듯이.

결국 나는 다이어트 강박의 끝을 찍고, 섭식 장애를 겪고 나서야 다이어트를 그만두게 되었어. 그리고 그때 운동도 깔끔하게 포기했어! 아니, 사실 더 이상 계속할 힘이 없었다고 하는 게 맞을 것 같아. 운동하지 않은 만큼 살찔 게 분명하니 마음은 너무 우울했는데, 몸은 어찌나 편하던지. 이래도 되나 싶은 죄책감보다 그저 편하게 뒹굴 수 있다는 행복이 조금, 아주 조금 더 컸어.

어때, 지금 너도 나만큼이나 운동을 싫어하니? 세상에서 가장 쓸데없고 귀찮은 게 운동이라고 생각하고 있어? 땀 흐르는 그 순간이 너무 불쾌해서 참을 수 없다고? 다 이해해, 전부 다 나도 했던 생각들이니까.

하지만 다이어트를 그만두고 난 뒤, 나에게 아주 이상한 변화가 조금씩 일어나기 시작했어. 아주 소름 돋게도.

③ 운동과 화해하다

인간이라는 존재는 참 이상해. '이제 절대 안 해!' 하고 마음먹으니 몸이 슬슬 근질거렸어. 다이어트를 그만두고 빈둥댄 지 몇 개월이 지났을 무렵이었지.

나는 완벽하게 아름다운 모습으로 성공한 미래만을 꿈꿨었어. 근데 이제 상황이 달라졌잖아. 지금 이 모습도, 혹은 여기서 더 살이 찔 수도 있는 나의 모습도 겸허하게 받아들이고 인정하기로 했으니까. 그러자 자연스럽게 이런 고민이 시작되었어.

'그렇다면 나는 앞으로 뭘 할 수 있을까?'

쉽게 답이 떠오르지 않았어. 지금까지 간절히 바라던 모습을 어쩌면 평생 가져 보지 못할 수도 있다는 생각에 공허함이 몰려

오기도 했고. 하지만 나는 '지금 여기'에 발을 디디고 스스로에게 집중하기로 했으니, 그 마음도 피하지 않고 마주 봐야 했어.

하루 이틀 고민만 하고 있으니 속이 답답했어. 시원하게 뻥 뚫린 곳으로 나가고 싶었어. 그래서 어느 날엔가는 무작정 핸드폰에 이어폰을 연결해 밖으로 나갔어. 깜깜한 저녁, 인적이 드문 골목길을 걸었어.

다이어트하느라 쉴 새 없이 줄넘기를 했던 골목. 이제는 다이어트를 그만두고 걷는 골목. 같은 길이지만, 그때의 나와 지금의 나는 많이 달라졌다는 걸 느낄 수 있었어. 그렇게 계속 걷다 보니 내가 다니던 초등학교 운동장에 도착해 있더라. 많은 사람들이 운동하고 있더라고. 나도 그 무리 속에 파묻혀 빙빙 운동장을 돌았어.

친구가 날 모르는 척했던 일, 부끄러웠던 졸업 사진 촬영, 살이 찌면서 바뀌어 버린 나의 세상, 다른 친구들과 나를 비교하며 생겨났던 열등감, 내 몸에 대한 부끄러움과 수치스러움을 배워 버린 어린 시절의 기억들이 스쳐 지나갔어.

맞아, 난 꿈이 있었어. 행복해지려면 예뻐져야 한다고, 날씬해야 한다고 믿었어. 성공하고 싶었어. 그게 전부였는데, 결국 다이어트를 그만두게 되어 버렸네. 안도감, 허무함, 씁쓸함, 불안, 걱정, 그럼에도 불구하고 다시는 돌아가고 싶지 않다는 마음들……. 복잡한 감정들이 한꺼번에 몰려왔어.

하지만 내가 아무리 무거워져 봤자 세상보다 무겁겠어? 매일을 살아 내야 하잖아. 어쩔 수 없잖아. 이게 나인데 어떡해. 세상 사람들 모두가 너는 부족한 아이라며 손가락질해도 나는 끝까지 내 편이 되어 줘야지.

고민만 하지 말고 그냥 해 보자. 하다 보면 뭐든 나오겠지. 나는 나를 예뻐해 줄 거니까. 믿어 줄 거니까.

문득 푹 숙이고 있던 고개를 치켜드니 새카만 하늘에 별 하나가 선명하게 반짝였어. 코끝을 스치는 바람 냄새도 너무 좋았어.

그 순간 모든 게 괜찮아졌어. 아무것도 해결된 건 없는데, 그냥 너무 좋았어. '지금 이 순간'이거면 됐다 싶었어.

걷다 보면 마주치는 바람들이 내 고민을 씻어 주는구나. 마음속에 돋아난 희미한 용기의 싹에 물을 주는구나. 그날, 나는 난생처음으로 걷는 재미를 배웠어. 생각보다 훨씬 상쾌했어.

내가 '걷는 행위' 자체에 매력을 느끼기 시작한 건 그때부터였던 것 같아. 물론 운동은 여전히 끔찍하게도 싫었지만 말이야. 하지만 모든 게 완벽했던 그 운동장에서의 밤이 가끔씩 떠올랐어. 기분이 울적하고 답답해질 때면 그날의 분위기를 종종 그리워하게 되었지. 자연스럽게 그 기분을 다시 경험하기 위해 걷기 시작했어. 한 달에 두세 번, 이 주에 한 번, 일주일에 한 번.

물론 그 주기는 일정하지 않았어. 그냥 걷고 싶을 때 걸었지. 내가 몇 시간을 걷는지, 운동장을 몇 바퀴를 도는지, 땀은 얼마나 났는지, 얼마나 칼로리가 소모되었는지는 중요한 게 아니었어. 그냥 그런 마음이 드는 날, 길이 펼쳐지는 대로 걸었어.

더 웃긴 건 뭔지 알아? 어느 날은 걷다 보니 이상하게 뛰고 싶더라. 모두가 한 방향으로 빙글빙글 도는 이 운동장에서 나만 반대 방향으로 뛰면 어떤 느낌일지 궁금했어. 그런 생각이 들자마자 방향을 틀어 냅다 뛰었어. 슬쩍슬쩍 마주치는 사람들의 시선이 참 재밌더라. 너무 자유로운 거야. 체력이 좋지 않다 보니 금방 숨이 턱 끝까지 차오르는데도, 얼굴이 시뻘게져서 콜록콜록 기침이 나는데도 좋았어.

그날 이후로도 나는 종종 뛰었어. 그러다 보니 또 어느 날은 산에 가고 싶어졌어. 어릴 때 쫄래쫄래 아빠 따라서 가곤 했던 산이 생각났어. 정상에 올라가서 김밥을 먹고 싶었어. 아빠와 마지막으로 갔던 등산의 기억은 별로 좋지 않았지만 말이야.

　마음 놓고 늦잠을 자고 있던 주말 아침이었지. 갑자기 아빠가 내 방으로 들어오더니 날 깨웠어.

　"박이슬, 요즘 살 너무 많이 쪘어. 심각해. 오늘부터 건강 프로젝트 시작이다! 빨리 옷 갈아입고 나와."

　아빠는 비몽사몽인 상태로 주섬주섬 옷을 입은 나를 데리고 산에 올라갔어. 입구에서 올라가기 싫다고 온갖 짜증을 내는 나를 단호하게 밀어붙였지. 등산로 첫 계단에 발을 디딘 순간부터 내 머릿속에는 '정상까지 얼마나 가야 할까?' 하는 생각밖에 없었는데, 아빠는 내 마음도 모르고 나에게 계속 말을 붙였어.

　"딸, 어릴 때 기억나? 너 조그매 가지고 날다람쥐같이 등산 엄청 잘했는데. 그때 지나가시는 어른들이 얼마나 칭찬하셨게. 막상 산 오니 좋지? 공기도 시원하고! 이렇게 움직여야 살도 빠지지. 다시 예쁜 딸로 돌아가자!"

　아뇨, 아버지. 저는 그냥 어지럽습니다. 집에 가고 싶어요. 말할 힘도 없어서 나는 표정으로 내 의사를 전달했어. 엎친 데 덮친 격으로, 올라가면 올라갈수록 숨이 잘 안 쉬어지는 거야. 머리가 빙글빙글 돌고, 눈앞이 노래지고. 정상에 거의 다다랐을 무렵에는 도저히 걸을 수가 없었어.

아빠는 그런 날 보면서도 평소에 운동을 안 해서 그렇다느니, 얼마나 운동을 안 하면 이거 가지고 힘이 드냐느니 잔소리를 했지. 근데 난 정말 숨이 잘 안 쉬어졌다고! 오죽하면 지나가던 스님 한 분이 다가와 나에게 괜찮냐고 물어봤을까. 그제야 아빠도 내가 엄살 부린 게 아니었다는 걸 알고 날 걱정하기 시작했지. 아무튼 난 이날 이후로 절대 등산은 안 하겠다 마음먹었어.

그랬던 나였는데! 산 정상에 올라가서, 바람을 맞으며, 김밥이 먹고 싶어지다니! 이런 마음이 절로 든 나 자신에게 좀 놀랐지만, 어쨌든 홀로 등산을 가 보기로 결정했지. 전날 자기 전에는 잘 올라갈 수 있을까 싶은 걱정과 함께 묘한 설렘도 느꼈어.

역시나 나의 예상은 빗나가지 않았어. 어려운 코스가 아니었음에도 등산을 시작할 때부터 무척이나 힘들었어. "아니, 다시 내려올 거 왜 올라가는 걸까?" 소리가 절로 나왔지. 이제 조금 걷고 뛰기 시작했다고 스스로를 과대평가했던 건가 싶기도 했어.

한편으로는 어쨌든 여기까지 왔으니, 정상은 찍고 가야 한다는 마음으로 끝까지 포기하지 않았어.

초코바와 캐러멜의 힘을 빌려 겨우 정상에 도착했어. 물을 한 모금 마시고, 그렇게나 먹고 싶었던 김밥을 꺼내 한입에 넣었지. 참치김밥이었는데 진짜 맛있었어. 갈증과 허기를 채우고 나니 그제야 내 앞에 펼쳐진 세상이 보였어. 산 아래에서는 높은 건물들에 둘러싸여 내가 어느 방향을 보고 사는 건지조차 제대로 알 수 없었는데, 거기선 모든 게 내려다보이더라고. 내 고민이 시작되었던 장소들도, 걱정과 조바심을 가득 안고 걸었던 골목길도 한없이 작더라. '이 맛에 여기까지 올라오는 건가?' 하는 생각이

불쑥 들었어. 그런 스스로가 어색하고 황당했지만, 진심이었어.

내려가는 길은 조금 여유롭더라. 그래서인지 나뭇잎도 보이고, 벌레도 보이고, 매미 소리도 들리고, 바람도 더 잘 느껴졌어. 특히 바람에 흔들리는 나뭇잎 사이로 떨어지는 햇빛이 기가 막히게 아름다웠어. 이 예쁜 장면을 못 보고 그저 땅만 보며 살았었구나 싶더라고.

나는 그렇게 천천히 운동과 다시 가까워지기 시작했어.

다이어트와 칼로리, 식단 같은 것들에 대한 잡념과 점차 멀어지면서 말이야.

④ 내 취미가 운동이라니

요즘 내 이야기 조금만 해 줄까?

난 일주일에 서너 번 정도는 헬스장에 가서 근력 운동을 해. 가슴, 등, 하체로 나누어 중량을 늘려 가며 지긋이 자극을 주지. 예전에 스콧 하려고 자세만 잡았는데 구역질이 나온 적도 있었다고 했잖아. 근데 지금은 45kg짜리 바벨을 번쩍 들어. 바 양쪽에 원판을 꽂고 호흡을 가다듬은 후 들어 올리는 그 순간이 정말 짜릿해. 다음 날 근육통이 느껴지면 '오, 오랜만에 개운하게 운동했군.' 하고 뿌듯해하지.

그리고 난 어렸을 때부터 허리를 뒤쪽으로 꺾어 엉덩이를 들어 올리는 자세를 습관적으로 취하곤 했어. 이 자세를 취하면 조금이나마 허벅지가 얇아 보였거든. 콤플렉스를 어떻게든 숨겨 보고 싶었던 거지. 그런데 이 자세는 알고 보니 허리와 골반을 틀어지게 하는 원인이었어. 그동안 내 몸은 크나큰 희생을 치러 왔던 거야. 게다가 큰 가슴 때문에 상체를 계속 웅크리고 다녔더니 그대로 굳어서 거북목 증후군이 생기고 어깨와 등이 굽었어. 내 몸을 부끄러워했던 시간이 고스란히 흔적으로 남았더라고.

하지만 운동하면서 이것들이 모두 좋아지고 있어. 몸무게에는 큰 변화가 없지만, 내 몸이 건강해지고 있다는 게 느껴져. 무협 소설에선 어느 정도의 경지에 다다른 주인공이 더 큰 내공과 깨달음을 얻으면 그것들을 소화하기 위해 몸이 더 적합한 육체로 변하는 과정을 겪거든? 요즘 내가 그 과정을 겪고 있는 것 같다니까!(물론 소설처럼 드라마틱하진 않지만, 진짜로 신기해!)

또 풀업을 연습하는 데 푹 빠져 있어. 체육 시간에 많이 하는 '턱걸이' 알지? 그거랑 비슷해. 나는 학교 다닐 때 턱걸이를 성공해 본 적이 없어. 다른 친구들도 마찬가지였던 것 같아. 대부분이 턱걸이 한 번 하기도 힘들어했지.

사실 이 풀업은 팔 힘보다 등 근육을 더 많이 쓰는 운동이더라고. 그런데 안타깝게도 대부분은, 특히 여성들은 등 근육을 쓰는 방법을 모르는 경우가 많대. 그 근육을 쓰면 어떤 느낌이 드는지 전혀 모르는 사람들도 많고. 나 역시도 그랬지. 등 근육을 정확하게 사용하는 법을 배우는 데만 몇 개월이 걸렸어. 풀업 한 번을 제대로 성공하는 게 올해 내 버킷 리스트 중 하나야.

헬스 말고도 10분에서 30분 정도 가볍게 달릴 때도 많고, 친구들과 함께 클라이밍장에 가기도 해. 아, 등산도 분기마다 두세 번씩은 가고 있어. 내 방 수납장 3분의 1은 어느새 등산 장비와 옷으로 가득하지.

나의 이러한 변화는 한순간에 만들어진 게 아니야. 나를 갉아먹는 다이어트를 그만두고자 결심했던 날 이후로, 운동은 몇 년에 걸쳐 천천히 내 삶에 스며들었지. 어느 순간부터 운동을 미워하거나 원망하고 있지 않더라고. 몸이 움직이고 싶을 때마다 움직여 주니, 재밌고 긍정적인 감정들이 쌓여. 그렇게 다이어트와 운동은 내 안에서 자연스럽게 분리되었어. 운동과 나는 평생 닿을 수 없을 거라고 생각했는데, 어느새 아주 친해져 있더라고.

운동은 이제 나에게 다이어트를 위한 수단이 아니라 행복해지는 하나의 방법이야. 그렇기 때문에 하기 싫을 때, 힘이 없을 때,

일이 많아서 도저히 시간이 안 날 때는 하지 않아. 왜냐하면 이
제 난 누가 시키지 않아도 운동을 할 줄 아는 몸이 되었거든.

이런 내 이야기에 어떤 친구들은 '학교와 학원, 시험과 숙제만
으로도 힘들어 죽겠는데, 운동까지 하라는 거야?' 하고 반발심이

먼저 들 수도 있어. '나한테도 이런 변화가 찾아올 수 있을까?' 의심이 들 수도 있고. 나도 알고 있거든, 너희에게 '꾸준한 운동'이 현실적으로 얼마나 어려운 일인지.

하지만 내가 전하고 싶은 말은 '꼭 운동해야 해!'가 아니야. 운동을 '다이어트의 수단'으로만 생각하지 말자는 거지. 그런 태도는 운동에 대한 강박 또는 회피로 이어지고, 결국 운동을 미워하게 되거든. 나는 그 미움을 푸는 데 너무 오래 걸렸어. 평생 운동하지 않을 결심까지 했었는걸.

그러니 먼저 운동에 대한 미움부터 천천히 풀어내자. 아무도 너에게 강요하지 않아. 지금 할 수 있는 것부터 해내면 돼. 아무것도 하기 싫다면 누워서 조금 더 뒹굴거려도 돼. 나를 가두고 있던 압박에서부터 벗어나 보는 거야.

많이 욕심내지 말고 1분만 걸어 보자. 가슴이 답답하면 잠깐 밖으로 나가 크게 심호흡 한 번 하고 다시 들어오는 거야. 쉬운 목표들을 조금씩, 자주 해내는 경험이 쌓이다 보면 내가 겪은 변화는 너에게도 찾아올 거야.

움직이는 내 몸에 집중할 수 있는 걷기 명상

나는 운동을 습관으로 만드는 가장 빠른 방법은 체중 감량을 생각하지 않고 운동하는 거라고 생각해. 운동의 효과나 성과에 집착하면 오히려 조급해지고 스트레스가 커지거든. 이게 쌓이다 보면 몸을 움직이기가 싫어지지. 무엇보다도 한국의 청소년들에겐 운동할 수 있는 절대적인 시간이 부족하잖아. "운동이 더 건강한 일상을 선물해 줄 거야!"라고 이야기하기엔 너희는 어른들만큼, 아니 어쩌면 어른들보다 더 빽빽한 하루를 살고 있을 테니까.

그래서 운동 강도가 아주 낮으면서도, 움직이고 기능하는 나의 몸은 충분히 만끽할 수 있는 '걷기 명상'을 너희에게 소개하려고 해. 공간의 제약 없이 집, 학교, 공원, 어디에서든 할 수 있어. 편안한 마음으로 몸을 움직일 때의 감각과 감정에 집중해 보자. 내 몸이 내 의도대로 정확하게 움직이고 있다는 사실이 짜릿한 희열을 가져다줄 거야.

- 먼저 눈을 감고 모든 감각을 최대한 발바닥으로 모아 본다.

- 아주 천천히, 느리게 한 발짝씩 내딛는다.
(너희가 생각하는 것보다 훨씬 더 느리게, 천천히 걸어야 해!)

- 뒤꿈치 - 발 중앙 - 발가락 순으로 땅바닥을 지긋이 누르면서 이때 느껴지는 감각에 온전히 집중!

(영화 <주토피아>에 나오는 나무늘보 캐릭터 알아? 자신을 그 나무 늘보라고 생각해 보는 것도 좋을 것 같아.)

● 자신에게 가장 편안한 보폭으로 걸으면서 바닥에 닿는 압력의 정도, 바닥에서 느껴지는 온도, 내 발에서 느껴지는 무게와 마찰 등 모든 것들을 그대로 받아들인다.

● 명상 중 다른 생각이 찾아와도 "아, 이런 생각이 찾아왔구나!" 흘려보내면 된다. 감각은 다시 자연스럽게 발바닥으로 돌아올 테니.

난 걷기 명상을 처음 했을 때 적잖이 충격받았어. 나의 발을 이렇게 생생하게 느껴 본 적이 없었거든. 다들 자신의 걸음을 의식하며 걷진 않으니까. 난 걷기 명상을 통해 내 걸음이 살아 있다는 걸 느꼈어. 너무 천천히 걸으니 때로는 중심 잡기가 힘들고, 휘청일 때도 있었어. 하지만 그럴 때도, 내 몸이 가진 경이로움에 대해 깨닫게 되었지. 몸의 많은 부분들이 상호작용하며 이 걸음 하나를 돕는구나. 걸을 수 있다는 건 정말 대단한 거구나.

자, 걷기 명상을 통해 일단 움직여 보자. 목적이나 목표, 의미를 부여하지 않고, 일주일에 얼마나 해야 하는지, 한 번 할 때 몇 분을 해야 하는지 생각하지 않는 것이 포인트! 내 몸을 내가 컨트롤할 수 있다는 것에 대한 놀라움, 즐거움을 알게 되면 운동에 한 걸음 더 가까워질 수 있을 거야.

Part 05

패션의 완성은 몸매다?

① 그 시절, 내가 사랑하는 줄 알았던

우리, 옷장을 한번 열어 보자. 네 옷장은 어떤 옷들로 채워져 있니? 늘 편하게 입을 수 있는 후드 티나 청바지? 혹시 살 빼고 난 뒤에 입으려고 사 둔 작은 사이즈의 옷도 있어? 아니면 '살찐 거 아니겠지?' 하는 마음으로 늘 사던 사이즈로 샀다가 결국 입지 못한, '금방 살 뺄 거니까 버리지 말자'며 몇 년째 간직하고만 있는 옷도 있니? 어떻게 그렇게 잘 아냐고? 나도 그랬으니까. 심지어 내게는 패션 센스가 지극히도 부족했던 '패션 테러리스트' 시절도 있어.

그랬던 내가 바디 포지티브를 만난 뒤 어떻게 나만의 스타일을 찾게 되었는지 지금부터 이야기해 줄게.(참고로 난 구독자

13.5만 명의 66-77 사이즈 패션 유튜브 채널도 운영하고 있어. 어때, 믿음이 확 가지?)

내가 옷을 좋아하게 된 건 해외 연예인들, 특히 빅토리아 시크릿^{미국의 여성 속옷 브랜드} 모델들 때문이었어. 정확히 말하면 빅토리아 시크릿의 간판 모델이었던 아드리아나 리마, 미란다 커 때문이었지. 내 핸드폰 앨범에는 항상 이들의 화보 사진이나 파파라치 컷이 저장되어 있었어.

패션쇼에 선 그녀들은 화려한 속옷을 입고 그 위에 루비, 다이아몬드 등 수천 개에 달하는 비싼 보석들을 걸쳤어. 그때 내 눈엔 마치 세상에 갓 내려온 요정들 같았지. 자신감 넘치는 모습으로 한 걸음 한 걸음 워킹 할 때마다 내 심장은 두근거렸어. 그녀들은 다른 모델들보다 더 특별한, 선택받은 이들처럼 런웨이를 누볐어. 나도 그녀들처럼 되고 싶었어.

수많은 잡지에서 이들의 패션을 앞다투어 소개했어. 또 그녀들이 얼마나 적게 먹는지, 그런데도 운동은 또 얼마나 많이 하는지 알려 줬지.

미란다 커는 한 인터뷰에서 이렇게 말했어.

"하얀 음식은 절대 먹지 않아요. 그건 독이니까요."

여러 미디어에선 모델들의 이런 혹독한 '자기 관리'를 칭송하기 바빴어. 게다가 한 해 동안 어떤 빅토리아 시크릿 모델이 가장 사랑받았는지 순위를 매기며 머리부터 발끝까지 비교했지.

또 그 당시 내가 열광했던 해외 셀럽 중에서 빼놓을 수 없는 전설적인 인물이 있어. 바로 빅토리아 베컴이야. 영국 축구 선수 데이비드 베컴의 아내기도 하지. 유명 아이돌 멤버 출신인 그녀는 타고난 패션 센스로 원래 유명했지만, 그녀가 했던 말 한마디로 더 유명세를 타게 되었어.

"뚱뚱한 여자는 굶어서라도 살을 빼야 해요."

'역시. 그래서 저렇게 날씬하고, 옷도 잘 입는 거구나!'

그때의 나는 고개를 끄덕였어.

나는 해외 스타들뿐만 아니라 국내 아이돌 멤버들의 사복 패션을 보는 것도 좋아했어. 그런데 사람들은 아이돌 멤버들이 조금이라도 살이 찌면 가만히 내버려 두지 않더라고. 이들의 외모나 체형의 변화는 늘 흥미로운 가십거리였고, '아이돌 뱃살 굴욕 짤' 같은 것들을 돌려 보며 비웃고 조롱하는 사람들도 많았지.(안타깝게도 이런 상황은 지금과 크게 다른 것 같지 않네.) 한편에서는 다이어트에 성공한 걸 그룹 멤버의 식단이 유행하기도 했어. 온라인 포털 사이트 인기 검색어에 등장하기도 했지. 다이어트에 성공한 멤버를 향해 사람들은 '진정한 걸 그룹'이라며 치켜세웠어. 다른 걸 그룹 멤버들이 다이어트 강박과 섭식 장애로 활동을 중단하는 동안에도 말이야.

온갖 뉴스와 미디어, 세상 사람들 모두가 내게 말하는 듯했어. 이게 현실이라고, 살찐 몸은 멋있을 수 없다고, 스타일리시하지 못하다고. 주인공이 될 수 없다고. 패션을 즐길 수 없다고. 멋진 패션에는 평범한 뱃살도 용납될 수 없다고.

예쁘고 멋지게 차려입은 모델과 연예인 들의 사진을 보다가 거울 속 나를 보면 단점만 보였어. 그들의 몸과 나의 몸은 하늘과 땅 차이였으니까. 굵은 허벅지, 튀어나온 뱃살, 넓은 어깨를 더 넓어 보이게 만드는 팔뚝 살······.

사실 모델이나 연예인까지 갈 필요도 없었어. 나는 또래 친구들과 있을 때도 그런 기분을 자주 느꼈거든. 특히 학교에서 수학여행 가는 날에는 내 자존감이 더 떨어졌어. 교복이 아닌 사복을 입고 지내야 하는 2박 3일의 수학여행을 나는 늘 온전히 즐길 수 없었지. 친구들은 유행하는 예쁜 옷을 입고 나타나는데, 내가 선택할 수 있는 옷들은 펑퍼짐하고 애매한 사이즈의 옷들이었으니까. 스타일리시가 뭐야. 애초에 난 나에게 어떤 스타일의 옷이 잘 어울리는지, 내가 어떤 취향의 옷을 좋아하는지도 몰랐는걸. 그냥 맞으면 입었거든. 유행하는 옷까지도 안 바랐어. 그냥 내 사이즈에 맞는 옷으로 촌스럽지 않게만 입어도 감지덕지했지, 그때는. 점점 옷을 사는 게 두려워지기 시작했어. 사이즈가 커질

수록 마음도 무거워졌어.

그래서였을까? 그때 내 핸드폰 안에는 화려한 패션으로 치장한 셀럽들의 사진이 한가득이었지만, 정작 내 옷장에는 검은색 옷들만 가득했어.

② 지금의 나로 나를 표현할래

'패션은 돌고 돈다'는 말, 너희도 한 번쯤 들어 본 적 있지? 믿기 어려울 수도 있지만 사실이야. 지금 유행하는 패션 아이템 중 꽤 많은 것들이 10여 년 전에도(그러니까 내가 너희 나이랑 비슷할 때) 유행했었거든.

얇은 이너 위에 걸치거나 크롭 니트처럼 변형해서 많이들 입는 볼레로 카디건, 얼마 전에 여러 아이돌 멤버들이 입어서 화제가 되었던 로우 웨이스트 팬츠(우리 때는 '골반 바지'라고 불렀지만!) 같은 것들 말이야. 그 외에도 어그 부츠, 플리츠(주름) 스커트, 레그 워머 등 다양한 아이템들이 '레트로'라는 이름으로 다시 유행하고 있더라고.

근데 참 억울한 건 십 대였을 때 나는 그 아이템들을 입고 싶어도 입지 못했다는 거야! 그런 옷들은 내 사이즈로 나오질 않았거든. 내가 입을 수 있는 건 평퍼짐한 맨투맨이나 카고 바지(심지어 요새 이것도 유행하고 있더라!)뿐이었어.

내가 입고 싶은 옷은
이런 게 아닌데...

또 그 뒤로 한동안은 스키니진 바람이 불었지. 스키니진은 항상 내 통통한 배와 다리에 봉제선 자국들을 진하게 남기곤 했어. 그 바지를 입으면 스타킹을 신은 것처럼 하체에 딱 달라붙거든. 걸을 때, 앉을 때, 식사할 때도 불편했고. 하지만 다른 바지를 입어 봐야겠다고는 생각하지 않았어. 스키니진을 입지 않으면 유행에 뒤처지는 애가 되는 거니까.

자기 자신에게 어울리는 옷을 찾으려면 사실 많이 입어 보는 게 좋아. 하지만 그때의 나에겐 '입을 수 있는 옷'이 너무나도 한정적이었어. 내 몸에 맞으면 그저 감사해하며 입었고, 그랬기에 말도 안 되는 이상한, 내 몸의 단점을 더욱 부각시키는 옷들을 입고 다녔던 적도 많아. 나의 패션 라이프에서 정작 '나'는 외롭게 빠져 있었던 거지.

대학생이 된 후 드디어 교복을 벗을 수 있게 되었고, 내가 입고 싶은 대로 입을 수 있는 자유가 생겼어. 하지만 사실 그때 난 더 막연하고 힘들었어. 내 체형에 대한 이해가 전혀 없으니까 내가 생각할 수 있는 기준은 여전히 사이즈뿐이었지. 나름 꾸민다고 꾸미지만 늘 뭔가 어설펐어. 살이 조금 빠졌을 때는 유행한다는 옷들도 사서 입어 봤지만, 남의 옷을 입은 것 같은 이질감만 들었어.

내가 바란 '느낌', 이거 뭔지 알지? 살을 열심히 뺐는데도 내 몸에서는 그 '느낌'이 느껴지지 않는 거야. 게다가 대학에 가니 옷을 센스 있게 잘 입는 사람들은 또 얼마나 많은지. 옷차림이 화려하지 않은데도 엄청난 멋짐이 느껴지는 사람들 있잖아. 저 사람이 입고 신는 건 다 따라 하고 싶은 '손민수 병' 유발자들. 도대체 그들이 가지고 있는 건 뭘까. 저렇게 입으려면 어떻게 해야 할까. 늘 고민하고 궁금해했던 거 같아.

그러다 내가 내린 결론은 결국 '다이어트'였어. 58kg에 만족하면 안 된다고, 걸 그룹 멤버들처럼 40kg대 몸무게는 되어야 무슨 옷을 입어도 태가 날 거라고, 마른 몸이야말로 그 사람을 특별하고, 스타일리시하게 만들어 주는 비기라고 생각했어.

인터넷에 '5kg 더 날씬해 보이는 코디 비법', '하체 비만 옷 잘 입는 방법' 같은 것들도 자주 검색해 봤었는데, 자세한 설명이 부족해서 이해가 어려웠어. 거기서 말하는 패션 아이템들도 현실성이 없었고. 그래서 막상 옷을 살 때면 최근에 유행하는 옷, 살이 더 빠지면 입고 싶은 옷, 갑자기 꽂힌 뜬금없는 색깔의 옷을 구매하곤 했어. 사다 보면 언젠간 얻어걸리지 않을까 하는 마음으로 말이야.

그랬던 내가 다이어트를 그만두고, 있는 그대로의 모습을 받아들이기로 결심했어. 그때야 비로소 나의 제대로 된 패션 인생도 시작되었지. 마음이 바뀌니 자연스럽게 내가 나를 바라보는 시각도 달라지더라. 평생 통통이로 살아가야 한다면 '대한민국에서 제일 멋진 통통이'가 되고 싶었어. 검은 옷을 입든, 휘황찬란한 형광색 옷을 입든 내 몸무게가 달라지는 건 아니잖아? 지금 내 모습으로 나를 표현하고 싶었어. 그래서 여러 콘텐츠들을 많이 찾아봤던 거 같아.

그때 해외에서는 플러스 사이즈 패션 블로거와 유튜버 들이 한창 각광을 받던 시기였지. 그 사람들은 내가 생각지도 못했던 아이템을 자신의 패션에 접목시키고, 내가 살쪄 보일까 봐 피했던 색깔의 옷들을 과감하게 도전하더라. 기가 막혔어. '아니, 하얀색 바지가 이렇게 잘 어울린다고?' '와, 어떻게 이걸 이렇게 매치할 생각을 한 거지?' 하고 무릎을 치며 감탄한 적도 많았어. 한국에서 유행하는 패션 스타일과는 조금 거리가 있었지만, 나는 그들에게서 내가 미처 알지 못했던 용기를 배웠어. 내가 패션에 대해 가지고 있던 어떤 틀을 깰 수 있었던 것 같아.

나는 더 나아가 그 사람들을 닮고 싶었어. 다이어트 강박과 섭식 장애를 지나오긴 했지만, 난 여전히 패션을 사랑했거든. 나에

게 타고난 패션 센스는 없지만, 나만의 취향과 스타일을 찾을 때
까지 노력하는 근성은 있었어. 나를 긍정하면 긍정할수록 자신
감이 생겼지.

조금 지나자 한국에서도 유튜브가 유행하기 시작했고, 자연스
럽게 패션 유튜브 채널들도 생겨났어. 하지만 아쉽게도 나와 비
슷한 사이즈의 패션 유튜버는 거의 찾아볼 수 없었어. 예전이었
다면 '아, 다시 살 빼야겠다.' 하며 우울해했겠지만, 나는 더 이상
예전의 내가 아니었어. 오히려 대담한 생각이 들더라고. '그렇다

면 내 사이즈는 블루 오션이다. 내가 빨리 시작해 버리자!'

'퍼스트 펭귄'이라는 말이 있어. 남극에 사는 펭귄들은 먹이를 사냥할 때 바다로 뛰어드는 것을 두려워한대. 하지만 펭귄 한 마리가 먼저 용기를 내서 뛰어들면 나머지도 뒤따른다고 해. 먼저 뛰어든 한 마리가 바로 퍼스트 펭귄이야. 나는 마음먹었지, 내가 퍼스트 펭귄이 되어 보자고.

그렇게 나는 바디 포지티브를 기반으로 한 패션 유튜브 채널을 시작해 보기로 했어. 나는 늘 가여웠거든. 스스로를 사랑하지 못해서, 그렇게나 좋아했던 패션 역시 즐기지 못했던 어린 시절의 내가. 과거의 나처럼 아픈 시간을 지나고 있는 이에게 작은 용기가 되었으면 좋겠다고 생각했어. 가시적인 성공은 어려울 수도 있겠다 싶었지만 상관없었어. 나를 긍정하며 나아가는 과정을 기록하고, 체형에 관계없이 스타일리시할 수 있다는 걸 증명해 내고 싶었어.

③ 어떤 모습이든 지금을 즐길 자유

내가 유튜브 채널에 가장 처음 올린 영상은 그야말로 아비규환. 난 아마추어였으니까. 패션 전공자도 아니었고, 영상 편집을 배워 본 적도 없었거든. 사실 그래서 아직도 나는 내 채널의 초반 영상을 잘 못 보기도 해. 너무 웃기고 오글거려서. 그런 어설픈 도전에 사랑을 보내 준 구독자 '또치'들에게 그래서 더더욱 감사하고 있어.

내 채널은 지난 5년간 차곡차곡 쌓아 올린 도전의 기록이야. 백문이 불여일견. 다양한 옷들을 직접 입어 보고 여러 가지 스타일을 시도해 보며 많은 통찰들을 얻을 수 있었거든.

제작한 영상들 중에서 내가 가장 애정을 가지고 있는 건 '옷 입어 보기 룩 북' 시리즈야. 검은색 민소매와 반바지를 입은 내가 행거에 걸어 둔 옷들(영상마다 의상의 주제나 콘셉트가 있어.)을 직접 갈아입고 전체적인 분위기와 매무새를 보여 주는 콘텐츠지. 어쩌면 한 번쯤 본 친구들도 있을 거야.

원래는 해외에서 유행하던 콘텐츠였는데, 나는 이걸 바디 포지티브적인 패션 콘텐츠로 풀어 보고 싶었어. 그때까지만 해도 국내에서는 아무도 올린 적 없던 형식의 콘텐츠였기 때문에 '사람들이 내가 전달하고자 하는 의도와 다르게 받아들이면 어떡하지?'라는 고민을 굉장히 많이 했어. 그래서 몇 가지 장치를 추가했지.

일단 영상 제목과 썸네일에 내 키와 몸무게를 대문짝만하게 적었어. 날씬하지 않은 사람들은 자신의 몸무게를 말하는 걸 금기시하곤 하잖아. 그래서 난 처음부터 시원하게 밝히고 시작했어. 165cm에 62kg이라고. 더불어 영상 속의 난 여성스럽고 화려한 속옷이 아닌, 검은 민소매와 반바지를 입고 등장했지. 편안한 포즈와 표정으로 당당하게 여러 옷들을 갈아입고 또 보여 줬어.

왜, 우리가 국어 시간에 문학 작품을 읽을 때 '작가가 이 작품을 통해 무엇을 말하고 싶은지'를 가장 먼저 찾잖아. 영상도 똑

같아. 연출하는 사람의 의도가 비언어적 표현으로도 다 담기거든. 카메라의 구도, 모델의 포즈와 표정, 무대 분위기, 배경 음악 같은 것들로 말이야.

놀랍게도 이 영상은 정말 많은 사람들의 공감과 지지를 받았어.

'그래! 이런 사이즈의 패션 영상이 필요했어요!'

'저에게 도전과 자신감을 주는 영상이에요!'

'매번 검은 옷만 입었는데, 오늘은 밝은 옷도 입어 보려고요!'

'이런 스타일은 상상만 했는데, 입어 보고 싶은 용기가 생겼어요!'

나는 더 이상 마른 몸이 스타일리시한 패션의 필수 조건이라고 생각하지 않아. 물론 내가 이렇게 생각할 수밖에 없었던 이유들이 있지. 패션 산업은 마른 몸의 사이즈를 기준으로 돌아가고 있고, 기성복들은 그 사이즈에 어울리는 패턴과 스타일로 만들어져 왔으니까. 오프라인 옷 가게에서는 S와 M 사이즈가 대부분이고, 그 이상의 사이즈들은 인터넷을 기웃대며 구해야 하니까.

옷 가게에서 늘 보는 마네킹의 키가 얼마인지 생각해 본 적 있어? 평균적으로 여성 마네킹의 신장은 184cm, 남성 마네킹의 신장은 190cm 정도야. 우리의 평균적인 사이즈가 전혀 반영되지 않은 거지. 심지어 패션 브랜드들마다 사이즈 기준도 달라. 똑같이 30 사이즈의 바지여도 작게 옷을 만드는 브랜드가 있고, 여유 있는 품으로 옷을 만드는 브랜드가 있어. 이런 경험한 적 다들 있잖아. 분명 '나는 평소에 L 사이즈를 입으니까 이것도 L 사이즈가 맞겠지.'라는 생각으로 옷을 샀는데, 막상 입어 보면 작거나, 크거나, 매무새가 이상할 때. 결국 그 끝은 항상 내 몸에 대한 혐오로 향하지.

나는 이제 알아. 평범한 반소매 티셔츠만 입어도 멋져 보이기 위한 조건은 완벽한 몸이 아니라는 걸. 어떤 소재, 어떤 패턴, 어떤 스타일의 옷이 나와 잘 어울리는지 알고 있는 게 훨씬 더 중요하다는 걸. 그리고 이건 내 체형에 대한 제대로 된 이해가 뒷받침되어야 해.

내가 내 유튜브 채널을 통해서 말하고 싶었던 건, 그리고 지금 이 글을 통해 말하고 싶은 건 입고 싶은 옷을 입으며 더 재밌게, 더 행복하게 보낼 수 있는 '지금'을 놓치지 말자는 거야. 청소년기의 '지금'도 마찬가지지. 바디 포지티브를 통해 내 외모, 내 몸무게, 내 겉모습에 함몰되지 않고 패션에 대한 관점을 바꾸어 보자. 그럼 지금 현재의 나를 위한 스타일을 찾을 수 있을 테니까.

이건 여담인데, 내가 그렇게나 좋아했던 빅토리아 시크릿은 최근 몇 년간 부진한 실적을 겪고 있다고 해. 십 대 시절의 나를 설레게 했던 패션쇼 무대도 결국 폐지되었지. 이런 하락세에는 여러 가지 이유가 있겠지만, 아마도 나와 같은 소녀들이 많아져서가 아닐까? 그들이 보여 주는 것들에 더 이상 상처받지 않겠다고 마음먹은.

치도의 패션 꿀팁

바디 포지티브를 만나고 내가 깨달은 것 중 하나는 옷에 내 몸을 맞추는 것보다 옷을 내 몸에 맞춰 선택하는 것이 중요하다는 사실이었어. 그래서 스스로에게 어울리는 스타일을 찾을 수 있었고.

나는 보통 상의 66 사이즈, 하의 77 사이즈를 입어. 내 사이즈는 내가 원하는 스타일의 옷을 입는 데 문제가 되지 않지. 옷은 나를 표현하는 하나의 자유로운 수단이야. 사람들은 나에게 종종 물어보기도 해. "그 옷, 어디서 샀어요?"

자, 너희들에게 내가 그동안 쌓아 온 꿀팁들을 전부 전수해 줄게. 이걸로 너희가 입고 싶은 옷을 입을 수 있기를, 옷을 통해 자신의 정체성을 표현해 보기를, 스스로를 더 사랑하게 되기를 바라.

그 전에 먼저 아래의 체크리스트를 한번 훑어보자. '패알못' 시절의 내가 했던 실수들을 생각하면서 만들어 봤어. 해당된다고 생각되는 부분에 체크해 봐.

❶ 가슴, 허리, 엉덩이, 허벅지 등 내 몸의 정확한 치수를 모른다. ☐

❷ 계절마다 입을 흰색 혹은 검은색 기본 티셔츠가 없다. ☐

❸ 흰색 혹은 검은색 운동화가 없다. ☐

❹ 쇼핑할 때마다 화려한 옷을 주로 산다. ☐

❺ 나에게 무슨 색이 어울리는지 잘 모르겠다. ☐

❻ 옷을 입을 때 세 가지 이상의 색을 사용한다. ☐

❼ 부모님이 골라 주는 옷만 입거나 스스로 옷 쇼핑을 하지 않는다. ☐

❽ 옷 쇼핑에 자주 실패한다. ☐

❾ 사복보다 교복 입는 게 마음 편하다. ☐

어때? 몇 개나 체크했니? 과거의 나였다면 9개 모두 체크했을 것 같아. 하지만 그랬던 나도, 나만의 스타일을 찾았으니 걱정하지 마.

자신의 사이즈를 마주하라

앞에서도 이야기했지? 같은 사이즈로 표기되어도 세세한 치수는 패션 브랜드마다 달라. 사람도 마찬가지야. 같은 몸무게더라도 각 부위의 치수는 제각각이지. 그렇기 때문에 내 몸의 정확한 사이즈를 알고, 그걸 토대로 옷을 사는 습관을 들이는 게 중요해.

줄자로 팔뚝, 가슴, 허리, 엉덩이, 허벅지, 종아리 둘레를 재 보자. '아, 연예인 누구누구는 허리가 20인치라던데!' 같은 비교는 절대 금지야. 그냥 덤덤하게 '내 사이즈가 이렇구나!' 하고 받아들이기! 자신의 몸을 정확히 마주하지 않고 회피하려는 태도는 옷을 잘 입는 것에 전혀 도움이 되지 않으니까.

자신의 사이즈를 파악했다면 그걸 바탕으로 쇼핑을 해 보자. 보통 온라인 쇼핑을 많이 하니? 그런 경우에는 사이트에 기재된 옷의 상세 사이즈와 정보를 유심히 보도록 해. 네가 사고 싶은 옷의 치수와 신축성, 두께감, 착용 계절, 안감의 유무 등을 전체적으로 살펴볼 수 있을 거야. 신축성이 좋은 옷이라면 내 사이즈보다 조금 작게, 신축성이 아예 없는 옷이라면 조금 더 크게 선택해서 나에게 가장 어울리는, 꼭 맞는 사이즈를 골라 보자. 이런 방식의 쇼핑이 처음이라면 내 실제 사이즈보다 살짝 더 여유 있게 옷을 사 보는 것도 좋아! 옷이라는 게 수선해서 줄일 수는 있어도 늘리기는 어려우니까.

내 사이즈를 정확하게 파악한 뒤에 쇼핑을 하다 보면 '오, 이 브랜드는 나랑 찰떡이다.' 혹은 '아, 이 브랜드는 나랑 잘 안 맞네.' 같은 판단을 하게 될 거야. 또 나중에는 각 브랜드의 경향에 맞추어 내가 어떤 사이즈를 선택해야 할지도 감 잡을 수 있을 거고.

기본템은 기본템인 이유가 있다

체크리스트 2번과 3번에 해당하는 사람들은 주목!

흰색과 검은색은 사실 가장 기본 중 기본 색상이야. 나도 '패알못' 시기를 탈출하고자 노력할 때 가장 많이 구매하고 도전했던 게 바로 흰색과 검은색 아이템이었어.

일단 이 두 가지 색의 옷은 다른 어떤 색과 함께 입어도 매치하기 쉽다는 장점이 있어. 예전의 난 당시 유행하던 옷들에 시선을 빼앗기고 홀린 듯 결제를 했었단 말이지. 하지만 그런 식으로 쇼핑하다 보면 옷장에 옷은 많은데 막상 입으려고 할 때 서로 어울리지 않은 경우가 많아.

그러니까 일단은 흰 티셔츠에 청바지부터 시작해 보는 거야. 내 상체 사이즈에 잘 맞는 흰색 티셔츠와 내 하체 사이즈에 꼭 맞는 청바지를 입었다고 생각해 보자. 물론 나도 예전엔 이 차림이 너무 고리타분하고 무난하다고 생각했어. 하지만 여기서 아주 약간의 포인트만 추가해도 센스 있는 패션이 되지. 겉옷이나 액세서리 등으로 말이야. 좋아하는 색의 카디건을 어깨에 두르거나 원색의 모자를 쓰는 것도 포인트를 주는 아주 좋은 방법이야. 아니면 살짝 튀는 색상의 스니커즈 운동화를 신어 주거나 가방을 메 준다면 깔끔하면서도 동시에 스타일리시한 '꾸안꾸 룩'을 완성할 수 있어. 기본템을 잘 마련해 두면 그 자체로도 멋진 패션을 완성할 수 있고, 다른 아이템도 내 옷차림에 자연스럽게 스며들게 할 수 있다니까.

색을 알고 나를 알면 백전백승

이번엔 체크리스트 4번, 5번, 6번에 해당하는 친구들이 집중해야 할 팁이야.

'색'은 나의 성격, 취향, 분위기, 가치관 등을 표현할 수 있는 아주 좋은 수단 중 하나야. 색을 통해 내 스타일을 한 단계 업그레이드할 수 있지.

요즘 자신의 퍼스널 컬러를 찾는 게 유행이지? 맞아, 나에게 어울리는 색은 퍼스널 컬러 검사를 통해 확인할 수 있어. '퍼스널 컬러'란 피부색을 바탕으로 개개인에게 어울리는 색을 찾는 색채학 이론 중 하나라고 해. 퍼스널 컬러를 공부한 전문가분들에게 진단받는 것이 가장 정확하겠지만, 요즘에는 스마트폰 어플을 이용해 간단하게 확인해 볼 수도 있더라고.

내 경우를 예로 들어 볼까? 내 퍼스널 컬러는 가을 웜톤이야. 밝으면서도 살짝 탁하고 따뜻한 컬러가 잘 어울린다고 하더라고. 그래서 내 옷장에는 그런 색상의 옷들이 많아졌어. 퍼스널 컬러 영역 안에 있는 색상의 옷들은 서로 매치하기도 쉬워서 지주 구매하는 편이야. 나에게 어울리는 색과 결을 알면 쇼핑 시간도, 쇼핑에 실패할 확률도 크게 줄어들지.

여기서 잠깐! 오해해서는 안 돼. 난 퍼스널 컬러의 옷만 사진 않아. 비중을 다르게 두는 편이지. 내 옷장은 퍼스널 컬러에 맞는 아이템이 60% 정도, 퍼스널 컬러는 아니지만 내가 좋아하는 색의 아이템과 흔치 않은 디자인의 아이템이 30% 정도, 반짝 유행하는 아이템들이 10% 정도로 구성되어 있어.

'내 퍼스널 컬러, 내가 좋아하는 색 다 알겠어요. 근데 그걸 어떻게 매치하라는 거죠?' 하고 고민하는 친구들도 많을 거야. 그럴 땐 비슷한 계열의 색으로 상하의를 맞추어 입어 보자. 옷 한 벌에 너무 많은 색을 담으려고 하지 않는 것이 좋거든. 다섯 개 이상의 색을 보기 좋게 매치하는 건 타고난 색감의 천재가 아닌 이상 정말 어려운 일이니까. 인터넷에 '옷 색깔 조합표'를 검색해 그걸 참고해 보는 것도 좋은 방법이야!

경험치를 올리자

7번과 8번, 9번 항목에 체크한 친구들, 주목해 줘.

모든 일이 그렇지만, 옷도 직접 골라 입어 보는 경험을 해 볼수록 좋아. 물론 오랫동안 통용되어 온 팁들이 있기는 하지. 이런 체형은 이런 옷을 입어야 하고, 저런 체형은 저런 옷을 피해야 하고. 너희들도 들어 본 적 있지?

상대적으로 상체가 발달한 체형의 사람들은 부해 보일까 봐 오버핏의 상의를 기피하곤 해. 하지만 그런 경우에도 어깨 골격 자체가 좁으면 오히려 잘 어울릴 수 있지. 반대로 하체가 발달한 체형의 사람에게 오버핏의 상의가 잘 어울린다고 하지만, 이 경우에도 가슴이 크면 오히려 부해 보일 수 있어. 또, 하체 비만인 경우 부츠 컷 바지를 입으면 허벅지가 더 부각돼 보일 거라고들 하잖아. 내 생각은 달라. 상하의 허리선을 높이고 통굽 신발을 함께 신어 주면 기장감이 길어져서 오히려 맵시 있어 보이거든.

내가 유튜브 채널을 운영하면서 알게 된 사실이 바로 이런 거야. 여러 체형을 특징별로 묶을 수는 있지만, 개개인마다 어울리는 옷은 조금씩 다 다르다는 거. 하늘 아래 같은 몸은 없으니까. 그래서 내 몸에 맞는 옷을 직접 입어 보고 경험해 보는 게 제일 좋아. '패션 경험치'를 쌓는달까? 부모님이 골라 주는 대로만 옷을 입거나 차림이 정해져 있는 교복이 사복보다 오히려 편하다고 생각하는 친구들에게는 특히 이 경험치가 필요하지.

물론 어떤 친구들에겐 입고 싶은 옷, 마음에 드는 옷을 자유롭게 선택하는 것이 굉장히 어려운 일일 수도 있어. 많은 청소년들이 보호자의 경제적인 지원 아래에서 생활하니까. 하지만 '귀찮으니 엄마가 골라 주는 대로 입자.' '옷 고르는 거 번거로우니 대충 입어야겠다.' 같은 마음과는 가깝게 지내지 않는 것이 좋아. 그러다 보면 너만의 스타일을 찾는 여정은 더욱 어려워질 수 있거든. 그러니 가장 쉬운 것부터 해 보는 거야.

패션 경험치를 쌓는 가장 쉬운 방법은 옷 가게에 가서 나에게 잘 어울릴 옷을 찾아 탈의실에 들락날락하며 입어 보기! 거울을 보고 색감과 매무새를 확인하며 어떤 스타일의 옷이 나와 잘 어울리는지 여러 번 확인해 보는 거지. 가족이나 친구, 네가 믿을 만한 사람들과 함께 가서 네 스타일에 대한 (평가가 아닌) 의견을 구하는 것도 괜찮아. 간접적으로는 나와 비슷한 체형과 분위기를 가지고 있는 모델이나 인플루언서 들을 찾아 '손민수 해' 보는 것도 좋고.

Part 06

삶의 길을 고쳐 닦다

① 최선이 아닌 차선

너희에게 "꿈이 뭐니?"라고 물어본다면 뭐라고 대답할 거야?

난 아주 어린 시절에는 "대통령이요! 이불 장수요!" 이러면서 별의별 대답을 다 했던 것 같은데, 커 가면서 저 질문에 답을 하는 게 너무 힘들었어.

나는 말이야, 사실 모델이 되고 싶었거든. 빅토리아 시크릿 모델들, 〈도전! 슈퍼 모델〉에 나오는 모델들, 멋진 화보 속 연예인들, 스트리트 패션 이미지와 각종 브랜드의 룩 북 사진 들을 보면서 자연스럽게 그 꿈을 마음속에 담았어. 모델들이 카메라 렌즈 앞에서, 런웨이 위에서 독특한 포즈와 오묘한 표정으로 무언가를 표현해 내는 순간은 정말 멋있어 보였어.

또 뮤지컬 드라마에 나오는 배우도 되고 싶었어. 미국 뮤지컬 드라마 〈하이스쿨 뮤지컬〉과 〈글리〉를 보면서 정말 감동받았거든. 이 드라마의 주인공들은 잘나가지 못하는, 소위 '루저(Looser)'라고 놀림받는 아이들이었어. 이 아이들의 일상은 뮤지컬을 하며 180도 바뀌지. 진짜 친구들이 생기고, 사랑과 인정도 받고, 꿈을 찾으며 반짝반짝 빛나. 이 드라마를 보며 내 삶도 그렇게 바뀌었으면 하는 마음도 들었던 것 같아. 열정적으로 노래를 부르는 등장인물들을 볼 때마다 내 마음속에서도 똑같은 열정이 자라났어.

나는 때때로 혼자 방에서 런웨이에 선 모델처럼 이리저리 포즈도 취해 보고, 뮤지컬 드라마에 나왔던 노래들을 따라 부르며 연습해 보기도 했어. 그리고 상상했지. 내가 모델, 뮤지컬 드라마에 나오는 배우가 되면 어떤 모습일까?

하지만 난 단 한 번도 저 꿈들을 입 밖으로 내뱉어 본 적이 없었어. 그 누구에게도 털어놓지 않았지. 모두가 나와 어울리지 않는다고 말할 것 같았거든. 모델을 하기엔 넌 키도 작고 뚱뚱하지 않냐고. 런웨이에 서는 모델들, 화면 속 배우들이 어떤 모습인지

똑똑히 떠올려 보라고. 나조차도 의심스러웠어. 내가 이런 걸 하고 싶다고 말해도 될까. 지금의 나는 저 꿈들을 이루기에 부족한 모습을 하고 있는데.

학교 진로 계획서에도 나는 내 진짜 꿈을 적지 않았어. 모델 혹은 배우가 아니라 '뮤지컬 드라마 PD'라고 적어서 제출했지. 맞아, 난 차선을 적은 거야. '뮤지컬 드라마에 출연할 수 없다면 그걸 만드는 사람이 되어 보자.'라고 막연하게 생각했던 거지.

PD라는 직업이 쉬워 보였다는 의미가 절대 아니야. 어떤 꿈이든지 그걸 이루기 위해서는 엄청난 노력이 필요하다는 걸 알아. 하지만 그때 난 내 꿈을 이루기 위해선 노력보다 뛰어난 외모와 몸이 먼저 전제되어야 한다고 생각했거든.

게다가 주위 어른들이 나에게 기대하는 바도 내 꿈과는 거리가 멀었어.

'그냥 공부 열심히 해서 좋은 대학에 들어가, 남들에게 인정받고, 돈도 많이 버는 직업을 가지렴. 그게 바로 성공한 인생이란다. 어울리지 않는 꿈에 도전하는 건 시간 낭비일 뿐이야.'

그래서 난 내가 원하는 꿈에 도전하기보다는 포기하는 걸 택했던 것 같아. 시도조차 해 보지 못하고 포기라니. 심지어는 '충분한' 외모를 갖추고 있지 못한다면, 내가 어떤 직업을 갖게 되더라도 성공할 수 없을 거라는 생각에 사로잡히게 되었지.

앞에서 내가 중학교를 졸업할 무렵에 한 자기 계발서를 읽고 버킷 리스트를 썼었다고 얘기했지? 그때 내 버킷 리스트에서 1번을 차지했던 건 '얼굴은 V라인, 몸매는 S라인! 다이어트 성공하기'였어. 뒤이어 리스트를 계속해서 채워 나가다가 이런 꿈들도 소심하게 적었어.

'쇼핑몰 모델 아르바이트 해 보기'

'뮤지컬 동아리 가입해 무대 서 보기'

마음속으로는 '꼭 그 꿈이 아니어도 괜찮다, 다른 것을 하면 된다'니 수친 번 생각했지만, 난 여전히 하고 싶었던 거야. 나 혼자만 보는 버킷 리스트였는데도, 뭐가 그리 부끄러운지 '모델 되기', '뮤지컬 배우 되기'라고 당당하게 적지 못했어. 아르바이트로라도, 동아리 활동으로라도 경험해 보고 싶어서 그렇게 적은 거였지. '이 정도라면 언젠가 다이어트에 성공했을 때 도전이라도 해 볼 수 있지 않을까?' 하면서 말이야.

그 뒤로 나는 내가 쓴 버킷 리스트를 따라 실제로 많은 것들을 이루었고, 수많은 경험을 했어. 내 삶이 조금씩 다른 모양으로 갖추어지기 시작했지. 하지만 그럼에도 난 내 인생이 늘 불만족스러웠어. 살을 빼지 못했으니까. 내 인생 모든 순간, 모든 장면이 불완전하게 느껴졌지. 예쁘지 않아서, 날씬하지 않아서.

② 나는 해낼 수 있는 사람

사실 공적인 자리에서는 한 번도 얘기한 적 없는, 내 친구들 중에서도 정말 손에 꼽을 만큼 친한 몇 명만 알고 있는 이야기가 있어. 나, 대학생 때 보컬 학원을 다녔었어. 포기할 땐 하더라도 도전해 보고 싶었거든.

솔직히 학생 신분에, 심지어 부모님께도 비밀이었기에 혼자 학원비를 충당하기가 만만치 않았어. 그래도 미래의 나에게 떳떳하고 싶으니까 내 상황에서 선택할 수 있는 가장 좋은 학원을 다녔어. 아르바이트도 하고, 자린고비처럼 돈을 아껴 쓰면서.

학원에는 정말 예쁘고 재능 넘치는 친구들이 많았어. 자연스럽게 비교할 수밖에 없더라. 어떤 친구가 오디션을 봐서 어디에 붙었다, 어니에 출연하게 됐다……. 많은 소식들을 듣게 되었어. 그럴 때마다 열심히 연습하고 있음에도 조급한 마음은 사라지지 않았지. 나에게는 그 오디션 기회도 쉽게 잘 찾아오지 않았거든.

나중에는 이런 생각도 드는 거야.

'만약 내가 지금처럼 살쪄 있지 않았다면 이렇게까지 돌아오지 않았을 텐데.'

어리석게도 내 부족한 실력보다 내 외모나 몸을 탓하는 마음이 컸어. 연습을 하면 할수록 이 모습으론 영영 기회가 없을 것 같다고, 있는 시간 없는 돈 다 투자해 열심히 연습하고 있는데 사실은 의미 없는 짓이면 어떡하냐고. 부정적인 생각들만 자꾸 치밀었지. 그래서 결국 다닌 지 반년 만에 나는 학원을 그만뒀어. 아무 일도 없던 것처럼.

무언가에 도전하고 기회를 찾아 나서는 인생의 매 순간마다 내 외모와 몸을 탓하는 못된 습관은 쉽게 고쳐지지 않았어. 주홍글씨처럼 깊게 뿌리내려서 나의 머리와 마음을 꽉 잡고 있었어. 코끼리같이 굵은 허벅지가 오디션 기회를 막고 있는 것 같았고, 살찐 얼굴이 나의 진가를 발휘할 순간을 막고 있는 것 같았고, 접히는 뱃살들 때문에 내가 추는 춤은 우스꽝스러워 보일 거라고 지레 부끄러워하고 수치스러워했지.

그럴 때마다 나는 헛된 후회와 미련에 괴로워했어. 이 살덩어리들 속에 파묻혀 있는 '진짜 내'가 나오기만 한다면 모든 상황은 달라졌을 텐데. 애초에 살이 찌지 않았더라면 내 인생은 정말 많이 달라졌을 텐데.

나는 뮤지컬 드라마에 나오는 배우가 되고 싶다는 꿈을 놓아버렸어. 스스로를 사랑하지 못하는 상태로 그 꿈을 이룬들 무슨 의미가 있을까 싶었거든. 나조차도 나를 한순간도 아껴 주지 않았는데, 누가 나를 알아줄까 생각했어. 외모와 몸매가 내가 원하는 대로 변한다 하더라도 속은 한없이 텅 비어 있을 게 뻔했으니까.

뭘 하고 싶지도, 뭘 해야 할지도 몰라 막막했던 하루하루. 하지만 계속 그러고 있을 수는 없었어. 일상 속에서는 할 수 없는 이상하고 비현실적인 경험에 나를 내던져 놓고 싶었지. 그래서 나는 히말라야 트레킹을 떠나기로 결심했어. 튀르키예어로 '검은 자갈밭'이라는 의미의 카라코람산맥으로! 히말라야 트레킹은 오지 탐험을 꿈꾸던 내 버킷 리스트 중 하나이기도 했고, 무엇보다 낯설고 험한 대자연 속에 있으면 내가 무얼 해야 하는지 답을 찾을 수 있시 않을끼 하는 기대도 있었어.

하지만 막상 트레킹 길에 오르니 답은커녕 가쁜 숨을 몰아쉬기에도 바빴어. 한국에서 열 걸음을 걷는 것과 고산 지대에서 열 걸음을 걷는 건 천지 차이니까. 또 '내가 무슨 부귀영화를 누리려고 산 타러 여기까지 왔나.'라는 생각이 들다가도, 체력적으로 너무 힘이 드니 한국에서 늘 하던 고민을 하고 있지 않다는 걸 깨달았어.

거기서는 그날 목표한 캠프까지 가지 않으면 당장 잘 곳이 없었고, 또 날씨가 변덕스러워서 하루아침에 내가 걷던 길이 사라지기도 했어. 먹지 않으면 힘이 없어서 못 걷기 때문에 살려면 먹어야 했지. 말 그대로 하루하루가 생존 그 자체였어. 씻지도 못하고 꼬질꼬질한 상태로 2주가 넘는 시간을 버티는 거야. 카라코람의 가장 높은 봉우리인 K2를 보고 오겠다는 목표 하나만으로.

사막, 빙하, 절벽, 크레바스……. 태어나 한 번도 본 적 없는 풍경들이 내 눈앞에 펼쳐졌어. 저런 곳에는 누가 가나 싶었는데, 그게 나더라고. 너무 힘든데, 정말 경이로웠어. 해운이 걷힌 K2 봉우리를 내 두 눈으로 직접 본 순간은 아마 평생 잊지 못할 거야. 답을 찾겠다고 여기까지 와서 개고생하는 사람이 나구나. 그래, 나는 이런 걸 해낼 수 있는 사람이었구나. 피식, 웃음이 나오기도 했지.

그리고 곧 마음속에서 이런 의문이 싹 텄어.

'지금까지 나를 미워하고 바꾸려고 시도했던 그 시간, 들였던 비용, 노력 들을 다이어트가 아닌 다른 곳에 쏟아부었다면 어땠을까? 나는 이렇게 목표를 향한 어마어마한 집념을 가지고 있는 사람인데, 왜 그걸 고작 날 미워하는 데 쓰고 있었지?'

③ 생각의 전환, 내추럴 사이즈 모델

그러던 어느 날, 나는 우연히 플러스 사이즈 모델에 대한 이야기를 접하게 됐어. 해외뿐만 아니라 한국에도 플러스 사이즈 모델이 속속 등장하고 있다고.

그 이야기를 들으니까 속담 하나가 딱 생각나더라. '하늘이 무너져도 솟아날 구멍은 있다'는. 모델이라는 꿈을 접으려고 했던 나에게도 희망이 보이기 시작한 거야. 지금 내 모습으로도 모델이 될 수 있는 거야? 너무나 설레었지. 아니, 그런 걸 다 차치하고서라도 일단 내가 하고 싶었던 일에 도전해 볼 수 있는 기회가 생겼다는 게 꿈만 같았어.

이제 막 첫걸음을 뗀 분야라 일 자체가 많지 않았지만, 나는 플러스 사이즈 모델을 모집한다는 공고를 볼 때마다 끊임없이 도전했어. 그러다 보면 언젠가는 나와 맞는 곳, 나를 원하는 곳과 일하게 될 거라고 믿어 의심치 않았지.

하지만 난 오디션을 보러 갔을 때마다 이런 이야기를 반복해서 듣게 되었어.

"아, 마스크는 좋으신데 조금 마르셨네요."

"플러스 사이즈 모델을 하기에는 임팩트가 좀 부족한데……."

"혹시, 살을 더 찌워 올 수 있겠어요?"

이제야 비로소 있는 그대로의 나를 받아들이기로 결심했는데, 플러스 사이즈 모델이 되기에는 너무 말랐다고? 사이즈가 부족하다고? 임팩트가 없다고? 그럼 정말 살을 더 찌워야 하나? 하지만 그것도 지금의 내 모습이 아니잖아. 역시 모델이라는 꿈은 내가 걸어갈 수 없는 길인 걸까? 머릿속이 복잡해졌어.

그러다 우연히 해외에서 활동하는 플러스 사이즈 모델분과 인연이 닿았어. 나는 그분께 내 이런 고민들을 털어놓았지. 그랬더니 그분이 이렇게 이야기해 주는 거야.

"해외에서는 플러스 사이즈 모델 말고도 '내추럴 사이즈 모델'들이 활발하게 활동하고 있어요. 한번 찾아보세요."(여기서 '내추럴 사이즈'는 너무 마르지도, 너무 뚱뚱하지도 않은 사이즈를 말해. 한국 사이즈 기준으로 말하자면 66에서 77 사이즈 정도라고 보면 되겠어.)

다시 희망에 찬 나는 포털 사이트에 검색을 해 봤어. '내추럴 사이즈', '내추럴 모델', '내추럴 사이즈 모델'…… 아무리 검색어를 바꿔도 결과는 똑같았어. 내가 원하는 정보가 하나도 없는 거야. 한국에서는 이 단어를 전혀 쓰고 있지 않았던 거지.

한국에서 이 분야는 그야말로 맨땅이자 공터였어. 하지만 또 이렇게 포기하고 싶지 않았어. 그래서 나와 히말라야 트레킹을 함께 다녀왔던 친구에게 상담을 요청했지. 어떻게 하면 좋을지 말이야.

그때 친구가 나에게 뭐라고 말해 줬는지 알아?

"그럼 네가 첫 번째 하면 되잖아. 한번 해 봐."

어떤 말보다 단순하고 명확한 이 한마디가 내 삶을 180도 바꿔 놓았어. 내 인생에서 가장 역사적인 순간이었지. 그래, 나는 나를 받아들였잖아. 걱정할 시간에 뭐라도 해 보자. 그게 내가 그렇게나 찾아 헤맸던 '진짜 나'니까. 나는 꿈을 향해 움직이기 시작했어.

'활동명을 뭐라고 지을까?'

관점을 바꾸니 색다르고 즐거운 고민이 시작됐어. 본명이 아닌 모델로서의 활동명을 정하고 싶었거든. 후보가 많았지만, 그중 가장 나의 마음을 사로잡았던 이름은 '치도(cheedo)'였어.

사실 이 이름은 영화 〈매드맥스〉에 나오는 인물의 이름이야. 영화를 본 사람들조차도 '치도라는 인물이 있었다고?' 하며 의아해할 정도로 비중이 적은 조연 캐릭터지. 이 영화에서는 '임모탄 조'라는 폭군으로부터 박해받고 있던 다섯 명의 아내들이 갇혀 있던 곳에서 탈출을 하거든. 치도는 그 다섯 명의 아내 중 한 명이야. 탈출에 대한 확신이 강한 다른 아내들과 달리, 치도는 처음부터 약한 모습을 보여. 돌아가자고, 그러면 임모탄 님이 용서해 주실 거라고 말하지. 하지만 이야기가 진행될수록 치도는 점점 성장하며 자유를 되찾기 위해 강하게 저항해. 아주 입체적인 캐릭터야.

나 역시 그랬잖아. 처음부터 나 자신을 받아들일 수 있는 용기는 없었어. 내 몸을 미워했고, 바꾸려고 집착했었잖아. 극단적인 다이어트에 길들여진 채 살았었는걸. 거울을 보며 단점을 찾는 건 내 오랜 습관이기도 했어. 이런 행위들이 내 인생을 갉아먹는다는 걸 깨닫기까지 너무나도 오래 걸렸지. 그래서 난 치도가 밉지 않았어. 손가락질하고 싶지도 않았어. 치도는 곧 나였고, 나는 곧 치도였어.

또 치도라는 이름을 사전에 검색해 보니 이런 뜻이 나오더라.

치도(治道) : 길을 고쳐 닦는 일.

다스릴 치, 길 도. 나는 바디 포지티브를 만나 내 인생의 길을 고쳐 닦게 되었으니까, 이보다 더 나와 어울리는 이름은 없을 것이라 확신했어. 운명처럼 말이야.

내추럴 사이즈 모델 일은 마치 건너편이 보이지 않는 드넓은

강에 돌을 하나하나 옮겨서 다리를 만드는 것 같았어. 나는 다리가 되어 줄 첫 번째 돌을 내려놓고 그 위에 당당하게 올라섰지. 하지만 그 뒤로도 롤러코스터를 탄 것처럼 많은 우여곡절을 겪었어. 아무것도 없어서 힘든 부분도 많았지만, 아무것도 없었기에 자유로운 부분도 많았어. 다른 것들을 모두 떠나서, 내가 자신 있게 이야기할 수 있는 건 내가 이 일을 선택한 것에 대해 단 한 번도 후회하지 않았다는 사실이야. 후회하기엔 멋진 일들이 너무나도 많았거든.

④ 나를 사랑하는 '일'

"안녕하세요, 여러분! 치도입니다."

유튜브 영상을 찍을 때마다 건네는 첫 마디. 나는 그렇게 세상을 향해 안부를 묻곤 해. 아무것도 모르고 시작한 내 유튜브 채널은 '바디 포지티브'와 '내추럴 사이즈 모델' 분야를 알리는 가장 좋은 창구가 되어 주었지.

내추럴 사이즈 모델이 되기로 결심한 이후, 내가 넘어야 할 산들이 많았어. 분야 자체가 알려지지 않았기 때문에 (보수가 보장된) 일도 없었고, 대부분의 사람들이 '내추럴 사이즈'의 뜻조차도 모르는 상황이었으니까. 그 속에서 나는 나와 내 직업을 어떻게 알릴지, 어떻게 일을 만들어 낼지, 어떻게 대중들에게 다가가야 할지 정말 많이 고민했던 것 같아.

처음에는 단순하고 무식하게 내가 일해 보고 싶은 곳에 메일로 직접 연락했어.

'안녕하세요. 저는 내추럴 사이즈 모델 치도라고 합니다. 66에서 77 사이즈가 한국 여성들이 가장 많이 입는 사이즈 아닐까요? 내추럴 사이즈 모델인 제가 함께 옷을 입고 그 핏을 보여 준다면 더 많은 소비자들에게 도움이 될 거라고 생각합니다.'

이런 내용의 메일을 100곳에 보냈다고 치면 98곳은 아예 읽지도 않았고, 한두 곳에서나마 '그 사이즈의 모델은 뽑지 않습니다.'라는 답장이 돌아왔어. 내 실물을 보여드리기라도 하고 싶다며 패기 넘치게 직접 미팅을 요청드린 적도 있어. 사실 나는 계획에 없는 사이즈의 모델이기 때문에 이런 요청 자체가 반갑지 않을 수 있다는 것도 알고 있었어. 그래서 거절이 돌아와도 금방 다시 일어났어. 해 볼 수 있는 데까지 해 보고 싶었어.

'나무만 보지 말고 숲을 보자, 이슬아.'

더 근본적으로 파고들어 생각했지. 다른 나라에서는 이미 내추럴 사이즈 모델 분야가 잘 자리 잡고 성장하고 있는데, 분명

한국 소비자들 사이에서도 자신들과 비슷한 모델이 현실적인 옷태를 보여 주었으면 좋겠다는 요구가 있는데, 왜 한국에서는 아직 정착하지 못한 걸까. 모델 입장이 아니라 기업 입장이 되어 그 이유를 유추해 보려 애썼어.

나는 결심했지. 대한민국 패션 산업에 보여 주자고. 돈이 될 것 같지 않고, 비주류인 것 같아서 시도하지 않는 거라면 내가 나서서 그렇지 않다는 걸 보여 주면 되잖아. 바디 포지티브라는 가치관과 내추럴 사이즈 모델이라는 존재가 시장에 긍정적인 이미지를 만드는 세련된 흐름이라는 걸 느끼게 해 주면 되는 거잖아.

그래서 나는 내 유튜브 채널을 이용했어. '내추럴 사이즈 모델의 바디 포지티브 패션'을 내걸고 주목받기 시작하면, 발 빠른 곳들은 그 흐름을 읽고 뛰어들기 시작할 거라고 믿었지.

처음에는 내가 만든 어설픈 영상들을 보면서 '저런 오글거리는 거 만든다고? 잘될지 모르겠네.'라며 코웃음 치던 사람들도 있었겠지. 하지만 창피함은 잠깐이야. 이제 나는 다른 사람들이 날 어떻게 생각할까 무서워서 숨는 데 질렸거든. 처음부터 잘하는 사람이 어디 있겠어. 익숙하지 않으니 어색하고 낯설 수 있지. 때로는 과장되어 보일 수도 있고. 하지만 이런 것들을 인내

하고 거치다 보면 감(感)이 생겨. 다른 이의 평가와 시선이 무서워서 시도조차 해 보지 못한 사람들은 평생 갖지 못할 그 감, 자기 자신에 대한 확신이 말이야.

내 유튜브 채널은 안정적으로 자리 잡았어. 또한 유튜브를 통해 내추럴 사이즈 모델 관련 일들도 제안받기 시작했고, 강연이나 출판 제의도 들어오게 되었어. 이제 난 사진, 영상, 책, 강연 등 다양한 콘텐츠를 통해 사람들에게 바디 포지티브를 알리고, 바디 포지티브를 통해 소통하고 있어. 이 과정에서 나에겐 새로운 직업도 생겼지.

건강하고 긍정적인 문화를 만들어 나가는 '바디 포지티브 콘텐츠 제작자' 치도.

나를 사랑하는 일이 내 '일'이 된 거야.

Epilogue_ 바디 포지티브로 바뀐 나의 삶

　나는 아침에 일어나면 가볍게 호흡하며 명상을 해. 그리고 따뜻한 차를 마시면서 오늘 해야 할 일을 되새김질하지. 모델로서 촬영을 하기도 하고, 유튜버로서 영상을 찍기도 하고, 책이나 칼럼을 쓰기도 하고, 인터뷰나 외부 미팅, 강의 등을 하기도 해. 나의 일주일은 여러 활동에 따라 유동적으로 바뀌는 편이야.

　나의 이 모든 활동은 '바디 포지티브'라는 큰 틀 안에서 완성되고 있어. 가끔 생각하는데, 바디 포지티브를 몰랐더라면 지금의 나는 없었을 거야. 인간관계도, 사랑도, 운동도, 패션도, 꿈도…… 나를 둘러싼 모든 것들이 바디 포지티브를 알게 되면서 바뀌었으니까.

　어느 자리에서든지 내가 제일 예쁘고 눈에 띄는 사람이 되고 싶었던 적이 있었어. 하지만 이제는 나라는 사람이 있다는 걸 알리기 위한, 타인의 관심과 사랑을 받기 위한 맹목적인 노력을 멈추게 되었어. 오히려 내 할 일에 집중하며 열심히 하다 보니, 내 주변도 나와 같은 사람들로 채워지더라. 진심으로 나를 아껴 주는 인연들이 자연스레 많아졌어.

　한층 더 단단한 내가 되었어. 더 이상 남의 사랑으로 자존감을 채우지 않아. 내가 더 사랑한다고 해서 자존심 상하지도 않아. 지는 거라고 생각하지도 않아. 특별하고 소중한 사람에게 후회 없이 사랑을 주면 그걸로 족하지. 누군가를 억지로 내 곁에 두려고 하지도 않아. 인연이라는 건 가까워졌다가도 멀어지는 거라는 걸 이젠 아니까.

내 '인생 마지막 다이어트' 프로젝트는 정말 마지막이 되었지. 다이어트 자체를 그만두었으니 말이야. 앞으로 살아가는 동안 생활 패턴이 바뀌거나 노화가 찾아오거나 습관 혹은 상황이 변하면서 나는 살이 찔 수도, 빠질 수도 있겠지. 그 모든 상황들을 내가 100퍼센트 통제할 수 없다는 것도 알아. 또 누군가가 혹은 나 스스로 던지는 평가나 지적에 슬프고 우울해질 수도 있어. 외모에 대한 상처가 더 이상 아프지 않은 거지, 없어진 건 아니니까. 흉터는 남아 있으니까. 다만, 그럼에도 난 끝까지 내 옆에 남아서 나를 사랑해 줄 거야. 약속했으니까.

먹고 싶은 음식은 최대한 다 먹어. 특히, 생리 기간에 당기는 음식들은 더 먹어 주지. 그게 곤드레밥일 때도 있고, 우리 동네 맛집 백반 정식일 때도 있고, 피자일 때도, 치킨일 때도 있지. 중요한 건 내 앞에 있는 음식을 온전히 음미하고 감사해하며 먹는다는 거야. 그럼 내 몸은 만족스러운 식욕으로 채워지거든.

운동도 미워하지 않아. 날 살아 있다고 느끼게 해 줘. 실컷 달리고 멈춰 서면 심장이 쿵쾅거리고 온몸의 감각이 예리해지면서 하늘과 바람, 모든 자연이 느껴져. 이대로 나는 충분하구나, 지금 이 순간이 참 소중하구나, 작은 것들로부터 시작되는 게 행복이구나. 저절로 알게 돼.

네 몸을 마주하고 받아들이면 그때부터 나에게 어울리는 스타일을 찾는 여정이 시작돼. 옷은 단순히 입는 게 아니더라. 나의 가치관과 철학을 담을 수 있는 수단이 되어 주더라고. 너에게 맞는 스타일을 찾는다는 건 곧 너만의 분위기를 만들 준비가 되었다는 거야. 너의 취향으로 가득 채워진, 더 멋진 하루를 보낼 수 있을 거야.

눈치챈 사람들도 있겠지만, 이 책의 차례는 내가 '극단적 외모 지상주의자'이던 시절에 열등감을 가졌던 대상들로 구성했어. 인간관계, 사랑, 음식, 운동, 패션, 꿈. 나는 이 모든 것들을 내 외모, 내 몸과 연관 지어 생각했었어. 예뻐야 성공하기 쉽지, 날씬해야 사랑받지, 다이어트와 운동은 살을 빼기 위한 수단일 뿐이야, 나는 의지가 없고 못난 사람이야. 아름답지 않으면 내 인생은 의미가 없어. 진짜 행복은 살을 빼야 시작돼……. 스스로 제약을 걸어 두고 '이건 할 수 있어.' '이건 못해.' 섣불리 판단했었지. 그건 시간 낭비라는 걸 좀 더 일찍 깨달았으면 좋았을걸.

또 어딜 가나 주인공처럼 보이는 이들이 미치도록 부럽고 질투 났었어. 예쁘고 날씬한 그들과는 다르다는 이유로 선을 그어 놓고 나는 주인공이 될 수 없다 생각했지. 타인이 왈가왈부하는 말들로 세상을 바라보며 나의 한계를 미리 정해 놓기도 했어. 하지만 깨달았어. 다른 사람의 삶을 보며 '왜 저 삶은 내 것이 아니지.' 생각했다는 걸. 네 인생의 장르는 너야. 주인공도 너야. 그건 절대 변하지 않는 법칙이야.

내 몸을 마주하고 나를 사랑해 보고자 마음먹는 그 순간부터 변화가 시작돼. 처음은 미약할지 몰라도 곧 크게 부풀어 올라 네 인생에 멋진 순간들을 선물해 줄 거야. 너는 그런 스스로를 자랑스럽게 여기고 더 힘껏 사랑해 주면 돼. 용기 내어 스스로를 마주해 보자. 그 용기가 자연스럽게 널 이끌 거야.

용기를 내는 일은 생각보다 쉬울 수도, 생각처럼 쉽지 않을 수도 있어. 그럼에도 무언갈 계속하면, 결국 무언가가 되어 있더라. 자기 자신을 미워하고 한탄하는 데만 시간을 쓰면 결국엔 스스로를 미워하는 '행인 1'이 될 뿐이야.

책에 다 쓰지 못했지만 나도 아직 실패한 것, 성공하지 못한 것 들이 많아. 여러 시행착오를 겪고, 넘어지고, 깨지고, 다시 일어서기까지 오랜 시간과 노력이 필요했어. 그러니 부디 너는 이렇게 먼 길을 돌아오지 않았으면 해.

이 편지가 부디 늦지 않은 타이밍에 잘 도착했으면 좋겠다.
네가 어디에 있든, 어떤 모습을 하고 있든 나는 너를 응원해.

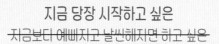

지금 당장 시작하고 싶은
~~지금보다 예뻐지고 날씬해지면 하고 싶은~~

나의 버킷 리스트

1 _____

2 _____

3 _____

4 _____

5 _____

6 _____

7 _____

8 _____

9 _____

10 _____

자, 우리 이제 앞에서 썼던 버킷 리스트의 전제를 바꿔 보자.
'지금보다 예뻐지고 날씬해졌을 때'가 아니라 **'지금 당장'**으로!